漢字知識

漢字知識

郭錫良　著

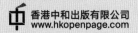
香港中和出版有限公司
www.hkopenpage.com

1981 年 8 月
在北京大學燕南園與王力先生合影

1992 年
與呂叔湘先生合影

兼顧全面和深入的漢字知識普及讀物
—— 再讀郭錫良先生《漢字知識》

　　郭錫良先生的《漢字知識》部頭不大，全書不足六萬字，
介紹漢字的基本知識，包括六章，緒論部分討論漢字的性質、
漢字與漢語的關係以及漢字的歷史地位。第二章探討漢字的起
源。第三章論述漢字的發展，說明漢字經歷了象形、表意和標
音三個階段。第四章敘述漢字由甲骨文、金文、六國古文、籀
文、小篆，經隸書而演化為楷書的過程。第五章圍繞六書說探
討漢字結構的類型。第六章論述漢字改革的歷史和漢字改革的
必要性。

　　由上面介紹可以看出，該書的內容非常全面而精確，涉及
漢字研究的各個領域；對每個分支領域的論述都做到提綱挈
領、要言不煩。比如第五章討論六書中的形聲字，在給出形聲
字的定義後，首先明確指出形聲作為造字手段對漢字體系的重
要性：「形聲字的產生使漢字的性質產生了重大變化，由表意
文字過渡到表意兼標音的文字，形成了漢字的新階段。」接着
說明形聲字對掌握漢字的重要性：「三千多年來形聲字不斷增
加，由甲骨文的百分之二十增加到了現在的百分之九十以上。
了解形聲字的形體結構及其性質，對掌握漢字具有重大作用。」

然後從形聲字的組織成分、義符和聲符的位置、義符的表意作用以及聲符的表音和表意作用等四個方面對形聲字的特點展開分析。其中包括了對省形、省聲、亦聲、右文說和義符替換等相關問題的討論，也有對多形多聲現象的剖析；關於義符和聲符的相互位置，在舉例列出十七種搭配方式後，指出前四種最常見而後十三種可以進一步歸併為四種，還說明相同的義符和聲符以不同方式搭配，可能造成異體（如峰和峯），也可能形成不同的字（如吟和含）。關於義符的表意特點，在說明義符表示形聲字的意義範疇之後，進而闡明由於詞義引申、文字假借等因素而削弱了義符的表意作用，以及義符選擇不同造成的異體字。關於聲符的標音功能，強調聲符與其所構造的形聲字並非完全同音，而是聲符相近：「在先秦，聲符相同的字一般不但韻部相同，而且聲母也往往同組。」並舉「告」為例，分析以「告」作聲符的字，韻母同屬覺部，聲母同是喉牙音，而在介音、聲母、聲調方面有差別。故多數聲符並不能精確標音，而只是標示形聲字的音類；在兩千多年的歷史過程中，語音演變又影響了聲符的表音作用：「漢字的諧聲系統到中古就已經亂了，聲符的表音作用大大削弱。現在形聲字的聲符和字音的關係表現出非常複雜的情況，有不少同聲符的形聲字讀音甚至毫無共同點。」這樣的分析，不僅有助於讀者正確認識形聲字，而且其

結論對利用漢字的諧聲系統研究古代音韻具有重要的指導意義。

《漢字知識》對諸多漢字問題的探討是相當深入的；對一些學界有爭議的問題都明確提出自己的觀點並作出言簡意賅的論證。比如關於漢字的性質，郭先生一方面認同將漢字的性質確定為意音文字的觀點，同時又指出：「漢字的標音成分和純粹表音的假借字都是採用的表意符號，我們不妨還是稱之為表意文字。」關於漢字與漢語之間的關係，郭先生立足於漢字記錄漢語這一基本事實，論述漢字體系的演化與記錄漢語的職能之間的互動關係，例如第三章討論假借字和同源字的概念，假借現象是漢字發展中為滿足記錄漢語的需要而產生的一種用字方法，假借現象標誌着人們用語音的角度使用漢字符號，同時，假借又促進了新字的創造。當一個漢字兼職過多，往往會添加偏旁來加以區別，於是形成為數眾多的古今字，尤以表意兼標音的形聲字所佔比例最大。詞義的引申發展也會導致一個漢字記錄若干個詞的現象，同樣需要在字形上加以分化，這樣便形成一組漢字音義皆近的情形，亦即同源字。在字形上，同源字之間往往是古今字的關係。因此，漢字假借和詞義引申導致漢字兼職過多，為此而創造新字是漢字數量繁衍增加的重要原因之一。對漢字體系的觀察和解釋離不開對假借現象的觀察，也離不開對詞義引申的分析。正如郭先生書中所

言:「同源字是漢字發展過程中,為了區別同音字而產生的,它增加了字數,是漢字繁化的現象之一。」這種清醒的認識貫穿在全書對許多具體問題的討論之中。

關於漢字簡化,學界一直存在爭議。郭先生認為:「漢字形體的演變是由近似圖畫的寫實象形變成由筆畫組成的符號,主要是筆勢的變革,即筆畫姿態的變革。」「形體的演變,總的趨勢是由繁趨簡。」「幾千年來隨着社會的發展,漢字的形體結構經歷了多次重大變化,發展的總趨勢是由繁趨簡,由表意到標音,但始終還停留在表意兼標音的階段。」「文字本來只是記錄語言的符號,這些字增強了符號性,只要能記錄漢語,易認易寫,打破了六書原則,也是適應客觀的需要。」這些論述一方面指明漢字簡化是歷史事實,是三千多年來漢字發展的總趨勢,目的是使漢字更便於應用;另一方面解釋「漢字停留在表意兼標音的階段」同樣是客觀事實,漢字簡化應從漢字的整個體系全面考慮,既符合易於識讀書寫的要求,又需照顧到漢字的歷史淵源和漢字體系的辨識度等。最後,討論漢字拼音化的歷史和現狀,認為應從漢語同音詞多和漢字文化典籍繼承等方面慎重看待這一問題。應該說,這是中肯合理的見解。

作為一部普及性讀物,在兼顧全面和深入的情況下,如何使讀者易於理解和接受也是值得重視的問題。《漢字知識》對

每個細節問題的討論都盡量避免簡單的知識介紹，而是提供豐富的實例分析，將其中的道理講清楚。例如講異體字時提到魯迅筆下的孔乙己曾說「回」字有四樣寫法，郭先生引述《魯迅全集》註釋、《現代漢語詞典》和《漢語大字典》說明「回」字只有三種寫法，所謂「四樣寫法」應是魯迅「為了諷刺孔乙己的迂腐，就把他跟章炳麟學《說文》時的古文形體回也拉了進來」。在明確了異體字的定義之後，申述異體字在漢字發展史上一直存在的事實和原因，舉出十三組字示例歷代異體字的情形；從使用情況和形體結構等不同角度對異體字進行分類時，同樣結合實例展開，這樣的分析不僅使讀者對異體字有全面的了解，同時也對漢字的表意性質有更深入的認識，並明白異體字的存在一方面與文字規範有關，另一方面又與漢字使用的歷史久遠、地域遼闊有關。討論同源字時，郭先生把同源字分為兩類：一是聲符相同的同源字，如長（長短）、張（拉緊弓弦）、漲（水面增高）、帳（張開在床上的用具）等；二是聲符不同的同源字，如枯（草木缺水）、涸（江河缺水）、渴（人缺水欲飲）等；其中「聲符相同的同源字，大多是後起的分化字」。聲符相同的同源字大量存在，可以解釋形聲字中有些聲符兼表意的現象：「聲符本來的職能是標示字音，但有的形聲字的聲符卻兼有表意作用。……這類形聲字大多是為了區別本義和引申義

或者區別同源詞而加註義符所形成的分化字。」對普通讀者而言，同源字、右文說等問題原本是比較難理解的，不過由於豐富的實例分析和簡明透徹的講述，也就變得易懂了。

《漢字知識》1981 年由北京出版社初版，收入「語文小叢書」。這部著作自問世迄今已近四十年，今天讀來依然能感受到其新鮮而獨特的學術價值，是一部非常適合對文字學特別是漢字學有興趣的廣大讀者閱讀的著作。此次修訂再版，主要是漢字改革一章添加了一大段，論述了將現行漢字改成拼音文字必須慎重。

邵永海

2020 年 7 月於燕園

目錄

第一章　緒論

　　一·漢字是記錄漢語的符號體系　*3*

　　二·漢字是一種表意文字　*5*

　　三·漢字在歷史上的功績和對世界文化的貢獻　*6*

第二章　漢字的起源

　　一·漢字起源的時代　*13*

　　二·漢字起源的傳説及其謬誤　*16*

　　三·漢字是人民群眾的集體創造　*19*

第三章　漢字的發展

　　一·從象形、表意到標音　*25*

　　二·假借字和古今字　*29*

　　三·異體字、簡體字和同源字　*34*

第四章　漢字形體的演變

一 · 形體演變概述　*45*

二 · 甲骨文　*47*

三 · 金文　*52*

四 · 六國古文　*57*

五 · 秦系的大篆和小篆　*61*

六 · 隸書　*65*

七 · 楷書　*71*

八 · 草書和行書　*74*

第五章　漢字的結構

一 · 六書說　*79*

二 · 象形字　*84*

三 · 指事字　*89*

四 · 會意字　*93*

（一）同體會意　*94*

（二）異體會意　*95*

五 · 形聲字　*97*

（一）形聲字的組織成分　*98*

（二）義符和聲符的位置　*102*

（三）義符的表意作用　　*104*

（四）聲符的表音和表意作用　　*107*

六·偏旁、部首和筆畫　　*109*

第六章　漢字改革

一·漢字改革的必要性　　*115*

二·漢字的簡化　　*118*

三·拼音化的方向　　*125*

主要參考書　　*131*

初版後記　　*132*

改版説明　　*133*

第一章

緒論

一·漢字是記錄漢語的符號體系

　　人類社會為了搞好生產協作、組織社會生活，從一開始就需要有互相交際、交流思想的工具。語言就是人類最重要的交際工具。但是，話說出口，聲音隨即消散，它（口語）受着時間和空間的限制。有聲語言不能把一時一地人們的思想或活動情況留傳給後代（在錄音機發明以前）或者傳送到遠方（在電話發明以前）。當社會發展到需要把語言記錄下來，以便保存下去或者傳送給遠方的時候，文字就作為記錄語言的符號，作為人類的輔助交際工具而被創造出來。

　　語言是思想的直接體現者，它用詞和句子形式來表達思維。任何語言的表達形式，必然有音、義兩個方面，而文字則是用某種符號體系來代表語言裡整個的詞、音素或音節。例如：

　　　　人　這是漢字這種符號體系中的一個符號，代表漢語中的一個詞。

　　　　man　這是英文這種符號體系中的三個符號，每個符號代表英語中的一個音素，三個符號組成一個詞（男人）。

　　　かく　　這是日文這種符號體系中的兩個符號，每個
　　符號代表日語中的一個音節（か〔ka〕，く〔ku〕），兩個
　　符號組成一個詞（寫）。

因此，文字總是作為語言的書面形式被人類所使用，它除
音、義兩方面外，還有形體這一方面。任何文字都是形、音、
義三者統一的符號體系，都不能離開語言而獨立存在。

　　漢字是記錄漢語的符號體系。它比漢語產生得晚得多。
一百多萬年以前漢族的祖先就生活在中國的大地上。在漫長
的原始社會裡，由於生產力低下，漢族的祖先處於同大自然
作極其艱苦鬥爭的狀況下，沒有條件創造文字，他們唯一的
交際工具是有聲語言。直到幾千年前的原始社會末期，漢字
才被創造出來。到三千多年前的殷代，漢字已經成為一種高
度發達的文字被應用於文獻記錄。例如：

　　　貞，今日壬申其雨？之日允雨。（乙．3414）

這就是殷代語言的記錄。此後，漢字記錄了歷代漢語的有聲
語言，沿用至今，成為世界上歷史最悠久的文字。

二・漢字是一種表意文字

　　文字記錄語言有兩種基本的方法：一是表音，一是表意。表音就是用一些符號來拼寫口語中的詞，所用符號代表語詞中的音。表意就是用一系列的符號來表示口語中的整個詞或者它的獨立部分。根據記錄語言的方法的不同，世界上的文字基本上可以劃分為兩大類：一是表音文字，一是表意文字。

　　英文、俄文、法文、德文、阿拉伯文和我國的蒙文、藏文、維吾爾文等都是表音文字。這種文字用字母來代表語詞中的音素（嚴格說是代表音位），若干字母拼寫成詞，全部詞彙只需要用幾十個字母來拼寫。例如，英文的「basket」，用六個字母拼成「籃子」這個詞，全部詞彙只用「a、b、c、d……」二十六個拉丁字母就都拼寫出來了。

　　漢字是一種表意文字。嚴格說來，漢字真正的表意字只有一小部分。例如：用「日」（甲骨文）這個簡單的圖形代表「日」這個詞，用「丄」這個符號代表「上」這個詞，把三個「人」字合在一起代表「眾」這個詞，把「小」和「隹」（《說文》：「鳥之短尾總名也」）兩個字結合起來代表作小鳥講的「雀」這個詞。而佔漢字百分之八十以上的形聲字，卻是表意兼標音的文字。例如：「拍」「抱」「抵」三個字，左邊的「扌」

（手）表示它們都是與手有關的動作，是表意的部分；右邊的
「白」「包」「氐」跟它們各自組成的字音近或音同，是標音的
部分。漢語中還有些詞，沒有專門的符號，借用了一個音同
或音近的字來充當，久而久之，有的借用的字反倒成了它的
專用字。例如：權利的「權」（《說文》：「黃華木」），然則的
「然」（「燃」的本字），而且的「而」（《說文》：「須也」）。這些
字就完全成了表音的符號了。因此，有人把漢字叫作意音文
字，應該說，這一名稱更加準確。其實，完全只用表意方法
的文字是沒有的，古代埃及的聖書字、美索布達米亞的釘頭
字（也叫楔形文字）和中美洲的瑪雅文也都採用了表意又表
音的方法。不過，漢字的標音成分和純粹表音的假借字都是
採用的表意符號，我們不妨還是稱之為表意文字。表意文字
的缺點是符號繁多，往往需要幾千到幾萬個符號來書寫語言
中的全部詞彙。

三・漢字在歷史上的功績和對世界文化的貢獻

漢字是漢族祖先的重大發明之一。恩格斯說：「從鐵礦
的冶煉開始，並由於文字的發明及其應用於文獻記錄而過渡

到文明時代。」(《家庭、私有制和國家的起源》) 中國社會早在幾千年前就進入了文明時代,漢字的發明毫無疑義是起了重大促進作用的。有了漢字,勞動人民創造的文化知識得以更為廣泛地傳播,前代的歷史遺產得以更完整、更系統地繼承。社會的發展,必然因此加快。有了漢字以後,我們的祖先憑借它的幫助,創造了輝煌燦爛的古代東方文化;並依靠漢字把這筆寶貴的文化遺產保存下來,成為我們的財富。

幾千年前,我們祖國就是一個地域遼闊、人口眾多的國家。在長期的封建社會裡,小農經濟帶着固有的分散性,人民交際的範圍狹小,方言分歧,在所難免。但是,不直接表音的表意漢字,起了統一書面語的作用,並影響着口語在語法、詞彙方面保持其基本的一致性,約束了方言的分化。漢語沒有像歐洲的印歐語系一樣,分化成許多獨立的語言,漢字是有一份功績的。此外,歷代國家政令的推行,也有賴於漢字記錄的統一書面語;同時還應看到,國家的統一,漢字也不是沒有起着有利的作用的。

漢字不僅已經為中國人民服務了幾千年,有着不可磨滅的功績,而且對東亞和東南亞其他民族文化的發展也有深遠的影響。朝鮮、越南都使用過漢字,日本至今還使用部分漢字;同時,他們還曾仿照漢字創造出自己的文字。

　　朝鮮使用漢字有一千幾百年之久。他們的古代文獻大多是用漢語的文言文寫的，當時是把漢語連同漢字當作他們的書面語來使用的。公元五世紀前後，朝鮮人開始用漢字來記錄自己的語言，叫作「鄉札」。鄉札就是本地文字的意思。用的是漢字，記錄的是朝鮮語。十五世紀朝鮮李氏王朝 (世宗) 設立諺文廳，命令鄭麟趾、申叔舟等利用漢字的筆畫，創造了自己的文字，命名為「訓民正音」。例如：

　　　　조선어〔tʂɔ sən ə〕　朝鮮語

這裡使用了六個字母：ㅈ〔tʂ〕、ㅗ〔ɔ〕、ㅅ〔s〕、ㅓ〔ə〕、ㄴ〔n〕、ㅇ〔零聲母〕。此後，漢字和諺文同時使用，或者混合使用。直到二十世紀五十年代朝鮮才完全停止使用漢字。韓國至今還繼續使用漢字。

　　越南使用漢字比朝鮮還早。秦漢之間，漢字已經傳入越南。直到十九世紀六十年代法國統治越南以前，越南一直是使用漢字的。同時，遠在十三世紀，越南人還依照漢字六書的方法，用漢字作基礎創造了越南自己的文字「字喃」。例如：

　　　　歪〔zɐi〕　　　　天

霢〔məi〕　　　雲

秔〔nAm〕　　　五

字喃一般是記錄越南土話的。越南人長期把這種字喃和漢字混合使用來記錄越語。直到 1945 年，越南才完全用拼音文字代替了漢字和字喃。

漢字傳入日本也很早，最遲不會晚於公元三世紀。古代日本人曾長期用漢語的讀音來閱讀中國的文獻，也用漢字來寫文章。據說直到公元八世紀，由遣唐使中的留學生吉備真備和學問僧空海利用漢字制訂了自己的音節字母。吉備真備制訂的「片假名」是採用漢字楷書的偏旁。例如：

ア	イ	ウ	ヌ	ロ
阿	伊	宇	奴	呂
〔a〕	〔i〕	〔u〕	〔nu〕	〔lo〕

空海制訂的「平假名」是利用了漢字的草書。例如：

あ	け	た	ぬ	や
安	計	太	奴	也
〔a〕	〔ke〕	〔ta〕	〔nu〕	〔ia〕

　　從此，日本人就把假名和漢字混用來記錄日本語。此外，他們還仿照漢字創造了一些日本語的專用字，叫作「國字」。例如：

> 辻〔tsudzi〕　街，十字路口
>
> 畑〔hatake〕　旱田
>
> 働〔dô, hataraku〕　勞動

　　日本直到現在還是假名和漢字混用，規定的當用漢字有一千八百五十個。

　　在歷史上，我國境內有些少數民族也仿照漢字創造了自己的文字，例如契丹國書（920 年）、西夏文（1036 年）和女真字（1119 年）。這些文字雖然早已成為歷史文物，但也留下了許多珍貴的文獻資料。

　　總之，漢字不僅促進了漢族人民的文化發展，而且直接促進了東亞和東南亞其他國家（朝鮮、越南、日本）人民文化的發展，並為世界人民保存了極其豐富的人類文化遺產，對世界文化作出了巨大貢獻。

第二章

漢字的起源

一・漢字起源的時代

　　語言是隨着人類社會的產生而產生的，從有人類就有了語言。但作為記錄語言的符號的文字卻是人類社會發展到一定階段才出現的產物。可以斷言，在漫長的原始社會，生產力十分低下的情況下，是不可能產生文字的。只有當人們生產的東西除了滿足個人生活最起碼的需要外，還有剩餘物資出現時，也就是當原始人群由氏族發展到部落、部族時，階級開始分化，由於人類交際的需要和物質條件的許可，文字才有可能產生。一句話，文字是產生在原始社會解體、階級社會正在出現的時候。

　　根據我國考古工作者的發現，跟漢字起源有關的最古的資料主要有兩種：一種是原始社會晚期的仰韶、馬家窰、龍山和良渚等文化的記號，一種是原始社會晚期的大汶口文化的象形符號。

　　1975 年前後，從陝西西安半坡仰韶文化遺址出土的陶器上，發現刻有許多記號。例如：

Ｉ　ＩＩ　Ｘ　十　↑　↑　Ｔ　ㅏ

半坡早期距今六千年左右。

二十世紀七十年代，在青海樂都柳灣馬家窯文化馬廠類型墓葬中出土的陶壺上，也畫有不少記號。例如：

$$\text{丨 一 丨丨 乂 十 井 口 冂}$$

馬家窯文化略晚於仰韶文化。

浙江杭州良渚文化出土的陶片上也刻有記號。例如：

$$\text{丨 乂 乂 ∧ 十 丗 屮 ⊗}$$

良渚文化也略晚於仰韶文化。

龍山文化發現刻有記號的還不多，只有下列三個：

$$\text{丨 ⬭ 乂}$$

總之，這些陶器上的符號，雖然不是任意的刻畫，但絕不就是文字，而只是一種具有一定意義的記號，正如郭沫若指出的，可能是一種「花押或族徽之類」的東西。當然，它們對漢字的形成可能有一定的影響。

　　1974 年，在山東莒縣陵陽河遺址出土的陶器上發現四個象形符號：

同時還在山東諸城前寨遺址的陶器上也發現一個殘缺的象形符號，同上面第四個相似：

這是屬於大汶口文化晚期的器物，距今四千多年。這些象形符號顯然同前面列舉的仰韶、馬家窯、良渚、龍山諸文化的記號有着不同的風格。把這些象形符號同甲骨金文相比較，可以看出二者的關係很密切。第一例象鉞形。甲骨金文的鉞字跟它近似。例如：

(甲骨文)　　　(戉父癸甗)　　　(《金文編》804 頁)

特別是《金文編》所載的族名金文上面所從的「戉」與之最

相似。第二例象斤（一種斧子）形，甲骨金文跟它近似。三、四兩例中的○象日，〰象火焰或雲氣，⏝象山峰形。唐蘭釋作「炅（音熱）」，加「山」是繁體；于省吾釋作「旦」，「昷」是繁體。這四個符號，看來都是作族名用的。它們已經同有聲語言裡的詞聯繫起來，不再是非文字的圖形，而是原始文字了。根據史學和考古工作者的研究，大汶口文化晚期，生產已經相當發達，階級分化已經比較明顯，這時已經具備產生文字的需要和可能。

文字從剛產生到能記錄成句的話、成段的文辭，必然要經過很長一段時期。漢字發展到殷商時代的甲骨文，已經是一種相當完善的文字體系了。這中間經過上千年，乃至一兩千年的發展過程，是完全必要的。從出土的歷史文物看，漢字已有了四千多年的歷史，它產生在原始社會末期，這是無可否認的事實。

二·漢字起源的傳說及其謬誤

關於漢字的起源，戰國時代就受到人們的注意，一些傳說一直影響到現代。

一種是結繩說。《易‧繫辭》:「上古結繩而治,後世聖人易之以書契。」又說庖犧氏「作結繩而為網罟,以佃以漁」。漢代鄭玄注:「結繩為約,事大,大結其繩;事小,小結其繩。」這本來只是說,在文字產生以前,人們靠結繩來記事。《周易》不過記錄了古代的傳說。可是東漢以後,不少人卻附會為文字是起源於結繩。近人朱東萊在《文字學‧形義篇》中還說:「文字之作,肇始結繩。」劉師培在《小學發微》裡更荒謬地提出:「三代之時,以結繩合體之字,用為實詞;以結繩獨體之字,用為虛詞。舉凡圈點橫直之形,皆結繩時代之獨體字也。」這種說法說明他們不僅不懂得文字,而且不懂得結繩的方法。結繩怎麼能結成文字呢?主張文字起源於結繩的人是把幫助記憶的工具同交流思想的交際工具混同起來了,也不懂得文字同語言的關係,所以是毫無道理的。

另一種是八卦說。《易‧繫辭》說:「古者庖犧氏之王天下也,仰則觀象於天,俯則觀法於地,觀鳥獸之文與地之宜,近取諸身,遠取諸物,於是始作八卦,以通神明之德,以類萬物之情。」看來《易‧繫辭》的作者並沒有把八卦就看成文字,而只是把它當作能「通神明之德」「類萬物之情」的象形性符號。到了魏晉間,偽造孔安國《尚書傳》的人,在《尚書‧序》中說:「古者伏犧氏之王天下也,始畫八卦,造書契,以

代結繩之政。」雖把八卦和書契（文字）相提並論，也沒有把
八卦就當成文字。把八卦附會成文字，大概是宋以後的事。
鄭樵在《通志・六書略》中說：「文字便從（縱）不便衡（橫），
坎、離、坤，衡卦也，以之為字則必從。故 ☵ 必從而後成水，
☲ 必從而後成火，☷ 必從而後成巛（災）。」這就是直接把
八卦看成文字的起源。鄭樵的話顯然十分牽強，他一點不懂
古文字，完全用宋代通行的楷書來進行附會。八卦大概是從
事占卜活動的巫根據算籌製作的一種代表卦爻的符號，用來
象徵各種事物，含有古人樸素的辯證觀點；但是後來附會以
鬼神迷信，長期成為統治階級自欺欺人的工具。它同記錄漢
語的符號體系漢字完全是兩回事。

　　漢字起源傳說中，影響最深遠的是倉頡造字說。《韓非
子・五蠹》說：「倉頡之初作書也，自環者謂之私（厶），背私
謂之公。」《呂氏春秋・君守》說：「奚仲作車，倉頡作書。」
秦以前還只盛傳倉頡造字，到了漢代就造出了一些荒誕的故
事，把倉頡造字極力神化。《淮南子・本經訓》說：「昔者倉
頡作書而天雨粟，鬼夜哭。」《春秋演孔圖》說：「倉頡四目，
是謂並明。」《倉頡廟碑》說：「天生德於大聖，四目靈光，
為百王作書，以傳萬世。」總之，是把倉頡描繪成與眾不同
的天生聖人，他創造文字的行動簡直是驚天地，泣鬼神。其

實早在戰國時代，荀子就提出了不同意見，他說：「故好書者眾矣，而倉頡獨傳者，壹也。」（《荀子·解蔽》）荀子只承認倉頡有整理文字的功勞，並非唯一的造字者。今天來看，有無倉頡其人，都是一個問題。因為春秋戰國離漢字起源的時代已經有一兩千年，怎麼能把這時的傳說就當成信史呢？任何一種文字，絕非某一個天生的聖人創造的，這已經是最普通的常識了。漢代統治階級製造一些關於倉頡造字的無稽謊言，無非是要極力把文字神聖化，來為特權者壟斷文字提供理論根據。

三·漢字是人民群眾的集體創造

文字是由圖畫逐漸發展演變成的，它是人民群眾長期社會生產實踐的產物。圖畫同音樂、舞蹈一樣，是在勞動過程中產生的，是人類從勞動中得來的認識、思想、情感的體現。圖畫、音樂、舞蹈既是人類勞動之餘的藝術享受，又是人類交流生產經驗、進行自我教育的工具。原始人的繪畫，常常以漁獵的對象和勞動的形象為題材，這正是圖畫產生於勞動的證據。文字畫是圖畫發展成文字的第一步。例如圖一是

在西班牙阿爾他美納山洞入口處發現的壁畫之一，野牛的形象逼真，是舊石器時代後期的藝術傑作，時代約在一萬年以前。圖二也是在西班牙發現的一幅壁畫，表現獵人用弓箭射鹿，時代約在一萬年以前。圖三是一幅刻畫在美國新墨西哥高崖附近峭壁下的文字畫，意思是羊可以上去，馬卻要跌下來，目的是告訴人們從這裡攀登需要特別小心。

　　中國的文字畫沒有流傳下來，但是，關於漢字的起源，曾盛行過「河圖」「洛書」的傳說。《易・繫辭》説：「河出圖，洛出書，聖人則之。」沈約注《竹書紀年》説：（黃帝軒轅五十年秋七月）「龍圖出河，龜書出洛，赤文篆字，以授軒轅。」這很可能是漁獵時代人們在黃河、洛水某處山崖邊發現過或獵取過巨型的爬蟲或大龜，於是刻畫在石崖上，告訴人們這裡有龍或龜這種獵獲物。事隔多年後，被人們發現了，於是附會成是天賜聖王以創造文字的藍本。透過這種傳說的表象，我們可以窺見漢字和文字畫的關係。文字畫的意義不是十分明確的，因為主觀的表達方式同客觀理解之間是存在矛盾的。由文字畫發展成圖畫文字（最初的象形字）是一個飛躍。圖畫文字與文字畫最本質的區別是：圖畫文字與有聲語言聯繫起來了，一定的圖形代表語言中有固定聲音、固定意義的詞，這就排除了文字畫理解中的任意性。

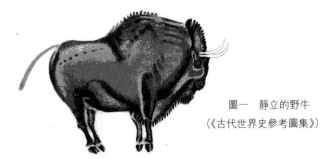

圖一　靜立的野牛
（《古代世界史參考圖集》）

圖二　弓箭射鹿
（《古代世界史參考圖集》）

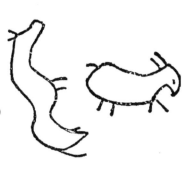

圖三　危崖警告
（蔣善國《漢字的組成和性質》）

　　從圖畫到文字畫，又從文字畫到圖畫文字，再發展成文字體系，必然經過千百年，甚至幾萬年廣大人民群眾的集體創造才能完成。在整個文字體系形成的過程中，許多人成了個別字的創造者。一個字創造出來以後，只要被社會公認，必然傳播開去，流傳到後代，也就約定俗成。經過千百年的積累，才可能出現能記錄整句話、成段文辭的文字體系。

　　漢字從大汶口文化晚期的原始文字到殷代的甲骨文也有一千多年。大汶口的幾個原始文字出自「陶者」之手，雖然不見得就是他們的創造，但說明當時文字是掌握在勞動人民手中的。由人民群眾千百年集體創造的漢字，到後來才被統治階級所壟斷，成為他們的專利品。即使到了甲骨文時代，漢字也還沒有定型化，一個字有許多種寫法，既不拘筆畫的多少，又不拘位置的反正上下；既不論形體的繁簡，又不論形象的異同。這都說明漢字絕不是一人一手所創造的。漢字是人民群眾的集體創造，絕沒有甚麼天生就會造字的聖人，這是歷史事實。

漢字的發展

一·從象形、表意到標音

　　漢字從圖畫蛻變出來後的早期的圖畫文字，沒有被大量發現。但是殷代的金文中，有些表示族名或作器者的象形符號，卻保存了畢肖原物的特徵，可以看作圖畫文字的遺留。例如：

（象且辛鼎）　　（馬戈）　　（牛鼎）　　（魚爵）

　　這種圖畫文字雖然和實物非常相像，但用起來很不方便。人們於是對它進行簡化，減少它的圖畫性，加強它的符號性。甲骨文寫成：

（象）　　　（馬）　　　（牛）　　　（魚）

用簡單的線條勾畫出事物的輪廓或者有特徵的部分，這比原來簡便省事得多。不管怎樣簡化，象形字必得象事物之形，因此，總是採取寫實的方法。可是客觀事物紛亂複雜，具體事物有形可象，而抽象事物卻畫不出來，於是只得採取表意

的方法。例如「上」「下」，怎樣畫出這兩個抽象概念呢？畫不出來。於是用一長畫表示地面或某一事物，再用一短畫指明是在它之上，還是在它之下，組成「⼆」「⼆」兩個字來記錄語言中這兩個詞。由於「⼆」「⼆」容易同數目字「二」相混，後來繁化成「上」「下」。又如「本」「刃」，雖不是抽象概念，但樹木和刀子好畫，而樹木的根部和刀的鋒刃卻不好畫，畫出來也不容易確定意義。因此在木下加一短畫作「本」，指明是樹木的根部；在刀口處加一短畫作「刃」，指明是刀的鋒刃。這就是用一些符號或者在象形字上加符號的象徵方法來造字，古人稱這種造字方法造出的字為「指事字」。指事字的產生，突破了象形字寫實的局限，使文字發展向前推進了一步。但指事象徵的方法也有很大的局限性，它所能造出的字仍遠遠不能滿足語言和社會發展對文字的要求。不過指事字已由象形過渡到表意，這給人們造字提供了很大的啟發。因為既然可以在象形字上加符號構成一個新字，那麼自然也可以在象形字上加上另外的象形字構成一個新字。兩個或兩個以上的象形字或指事字拼合在一起，把它們的意義結合成一個新的意義，這就是古人稱作的「會意字」。例如：𣥂（步），是兩個「止」字相承。「止」是趾的初文，本義是腳。兩腳相錯，表示步行。休（休），由一個「人」字和一個「木」

字組成。人依樹旁，表示休息。鼍（莫），「暮」的初文，由一個「日」字和一個「莽」字組成。日落草莽，表示時間已到傍晚。鼎（祭），由「又」「示」「肉」三個偏旁組成。「又」表示手，「示」為古祇字，用手拿着肉在神前，表示祭祀。這種把兩個以上的字拼合起來構成新字的表意方法，確實比象形、指事所能表達的範圍寬廣一些，能創造出更多的字。因此，據清人朱駿聲統計《說文解字》，其中象形字只有三百六十四個，指事字只有一百二十五個，而會意字卻有一千一百六十七個。總之，從象形到表意是漢字發展過程中一個重大的進步。如果只有象形字，漢字是不可能記錄成句的漢語的；只有發展到表意的階段，漢字才可能形成初步的文字體系，才有可能記錄成句的漢語，或勉強記錄成段的文辭。

　　但是，表意的方法也仍受着很大的約束。因為語言用它的聲音來反映客觀事物，包羅客觀世界的一切方面。在語言中有表示事物共性的詞，也有表示事物個性的詞；有表示具體概念的詞，也有表示抽象概念的詞；有實詞，也有虛詞。這些詞不是表意方法都能一一創造出字來記錄的。例如「木」這個大概念（共名），我們可以畫一個樹木的輪廓✹來表示它；可是樹木有千百種，桃、李、梅、杏、柑、橘、松、柏、楊、柳、杉、樟、桐、梓等等，又怎麼用兩個以上的字組合

起來分別會意呢？又如一些心理活動，都是抽象概念，思、想、念、慮、懷、憶、忘、惑、忿、怒、怨、恨、恐、懼、悲、愁等等，更不是會意的方法所能造出這些字來的。文字既然是記錄語言的符號，就必須跟語言密切結合。從表意到標音，是漢字發展的必然結果。因此，隨着漢字的演進，會意字逐漸退居次要的地位，而標音的形聲字成為漢字的主流。

形聲字由音、義兩部分組成，一半表示意義範疇，一半表示聲音類別。例如：江，從水，工聲，本義是長江；河，從水，可聲，本義是黃河。左邊的「水」表義，即說明它們都屬於河流這一意義範疇；右邊的「工」「可」表音，即說明它們的聲音與「工」「可」近似。「工」與「江」、「可」與「河」古音更接近一些，由於語音的發展，現在它們的聲音差別就很大了。任何一個概念，不管是具體概念，還是抽象概念，都可歸屬於一個意義範疇；至於表音的聲符，完全不受意義的限制，任何一個字都可以找到與它同音或音近的字作聲符。因此，形聲字產生後，具有很強的生命力，成為漢字創造新字最主要的方法。漢字在甲骨文時代就已經有了百分之二十的形聲字，說明當時已由純粹表意文字向標音文字過渡。《說文解字》所收九千三百五十三個字中，據朱駿聲統計，形聲字有七千六百九十七個，佔了百分之八十二以上。現行

漢字，形聲字更佔了百分之九十以上。漢字從表意發展到標音，可以說是一次重大的質變。它使漢字成為一個完整的文字體系，基本上能滿足漢語對它提出的要求。幾千年來，漢字就停留在這種表意兼標音的階段。

為甚麼漢字長期停留在表意兼標音的形聲字階段，而沒有再進一步發展成完全表音的拼音文字呢？這可能有兩方面的原因：一是跟漢語的性質特點有關。漢語沒有形態變化，古漢語的詞彙又是單音節佔優勢，雙音節詞雖也不少，但以復合詞為主，詞素本身具有意義。詞或詞素是一個音節，用來記錄它的漢字也是一字一音，形、音、義三者統一在一個漢字中，採用表意兼標音的形聲字具有區別同音字的優點。這是適應古漢語的性質特點的。二是中國社會長期停留在封建社會，文字為少數人壟斷，統治階級的保守性也是阻礙漢字向拼音化發展的重要阻力。

二‧假借字和古今字

在漢字使用的過程中，產生了一種假借的方法。許慎在《說文解字‧敘》中說：「假借者，本無其字，依聲托事。」這就

是説，漢語中某些詞，本來沒有為它專門造字，而是依照它的聲音借用一個同音字來代表它。這種被借用的字就叫作假借字。

同音假借的辦法，正是由於漢字表意的造字法不能滿足漢語對它提出的要求而產生的用字方法。這是漢字由表意向表音方向發展的重要體現。它也許比標音的形聲字產生得更早，可惜古人沒有沿着這一方向為漢字創造出一套拼音文字的方案，而是走上了標音的形聲字的道路。

假借字在甲骨文中就被大量使用。例如：「其自東來雨？」（《卜辭通纂》三七五）這句話中五個字就有四個是假借字。「其」是「箕」的初文，甲骨文作 𠀠，象箕的形狀。這裡借作語氣副詞。「自」是「鼻」的初文，甲骨文作 𦣻，象鼻的形狀。這裡借作介詞。「東」在甲骨文裡作 𢒸，象束物之形，當是囊橐的「橐」。這裡借作方位名詞。「來」在甲骨文中作 來，象麥形，是「麰」的初文，本義是大麥。這裡借作動詞。四個字的本義都與這句話絲毫無關，在句中只是借用它們的聲音來記錄另外的詞。

有了同音假借的辦法，就可以用較少的字記錄語言中較多的詞。甲骨文中假借字多，正是當時字少的緣故。古代字少，後來逐漸增多，這是很清楚的事實。出土的甲骨文，使用的單字共四千六百七十二個（據《甲骨文編》），已識的有

一千零幾個；《說文解字》收字九千三百五十三個，僻字不少，常用的只有三四千個；《康熙字典》收字四萬七千零三十五個，比《說文解字》增加四倍。字數增多，固然有多方面原因，但是假借字逐漸被後造字所取代也是重要原因之一。例如，上古一個「辟」字兼有後代「避、闢、僻、嬖、譬」等字的意義：

> 姜氏欲之，焉辟害？（《左傳·隱公元年》）
>
> （後來寫作避。）
>
> 辟田野，實倉廩。（《荀子·王制》）
>
> （後來寫作闢。）
>
> 行辟而堅。（《荀子·非十二子》）
>
> （後來寫作僻。）
>
> 友便辟，友善柔，友便佞，損矣。（《論語·季氏》）
>
> （後來寫作嬖。）
>
> 君子之道，辟如行遠，必自邇。（《禮記·中庸》）
>
> （後來寫作譬。）

一個字「兼職」過多，容易引起意義的混淆，加以形聲字表意兼標音方式的強大影響，於是給兼職的字添加偏旁來加以區別。由一個「辟」字分化出五個新字，正是添加偏旁的結果。

這樣，本來不受形、義約束的完全表音的假借方式，又成了半標音半表意的形聲字，從而擴大了形聲字的數量。

一個字分化成兩個或兩個以上的字，分化字與原字出現的時間必然有先後。這種現象人們就把它叫作古今字。古字出現在前，即原字；今字出現在後，即分化字。古今字很多，下面舉一些例子 (古字在前，今字在後)：

> a. 説悦　責債　弟悌　閒間　埶熟　竟境
>
> 　　赴訃　馮憑　賈價　屬囑
>
> b. 舍捨　共供　自鼻　知智　昏婚　田畋
>
> 　　戚慼　反返　錯措　卷捲　其箕　云雲

a 組的今字不見於《説文》，b 組的今字收錄在《説文》中。對於《説文》未收的 a 組中的今字，文字學家們都認為是後起字，不成問題；對於《説文》中所收的 b 組中的今字，從前的文字學家由於迷信《説文》，卻不敢認為是後起字，反而認為是原有的本字，這是不對的。

由假借而分化出後起字，有兩種情況：一是為假借義另造新字，如上舉例字中的「悦、債、悌、間、境、訃、憑、價、囑、捨、避、智、婚、畋、慼、返、措、捲」等都是，這種

情況佔大多數。一是為本義另造新字，如「熟、懸（縣）、燃（然）、腰（要）、鼻（自）、箕、雲」等，這種情況較少。

　　在假借字中，也有只用借字不另造新字的，還有借義行而本義廢的。例如：

　　　　耳　《説文》：「主聽者也，象形。」本義是「耳朵」，借作句尾語氣詞。本義與假借義並行，不另造新字。

　　　　果　《説文》：「木實也。從木，象果形在木之上。」借作果敢的「果」，《左傳・宣公二年》：「殺敵為果。」本義與假借義並行，不另造新字。

　　　　我　甲骨文作𢦏、𢦠，本是一種武器，借作第一人稱代詞。假借義行而本義廢。

　　　　而　《説文》：「須也，象形。」本是鬍鬚的象形字，借作連詞。假借義行而本義廢。

這種情況大多出現在借作表語法意義的虛字。

　　以上都是「本無其字」的假借，還有一種「本有其字」的假借。這就是説，語言中的詞，本有記錄它的字，由於寫書或抄書的人一時筆誤（等於寫別字），寫了一個同音字，相沿下來，得到社會的承認，或者由於地方習慣，寫成了另一個

字。例如，「早」寫成「蚤」、「飛」寫成「蜚」(《韓非子·外儲說左上》：「墨子為木鳶，三年而成，蜚一日而敗。」)。它們不牽涉到漢字的發展，這裡不多談。

三·異體字、簡體字和同源字

　　語言中一個詞按理只需要一個代表它的字，可是漢字中往往有兩個以上的字，聲音意義完全相同，在任何情況下都可以互相代替。魯迅筆下的孔乙己曾說「回」字有四樣寫法，《魯迅全集》第一卷註釋：「據字書所載，回字只有三種寫法：回、囘、囬。」(484 頁)《現代漢語詞典》也只收這三種寫法。(六版 576 頁) 魯迅寫《孔乙己》時，人們大概也只知道這三種寫法。這種同音、同義而異形的字就叫作異體字。1986 年出版的《漢語大字典》根據《藏經》增加一個「囜」(717 頁)，顯然係訛體，不被重視，肯定不是魯迅寫作時的依據。魯迅為了諷刺孔乙己的迂腐，就把他跟章炳麟學《說文》時的古文形體⊡也拉了進來。

　　異體字從來就存在。甲骨文中有的字多至幾十種寫法，金文中異體字也不少。這是因為文字是人民群眾所創造的，

在字的形體方面不能那麼整齊劃一，同一個詞造出兩個或更多的字來代表它是難免的。當時並沒有誰定出統一的規範，因此，到戰國時代，更是「言語異聲，文字異形」(《說文解字·敍》)，這必然要影響正常的交際。秦始皇統一文字，重要的內容之一，就是廢除異體字；但經過整理的小篆，《說文》中仍收錄了不少異體字。例如：

珠璆 (球璆)

玩貦 (玩貦)

䍃䍃 (甒甒) 今作「罈」。

鶆鷉 (鶆鷉)

盌盌 (盌盌) 今作「碗」。

楷書通行以後，歷代都實行文字規範，也有了字書，這固然起了一定的約束作用。但中國歷史悠久，地域遼闊，不可能人人都遵守規範，民間的異體字仍有增無減。歷代的字書、韻書都收錄了不少異體字。例如：

體躰軆

(錄自《玉篇》)

襪 韤 袜 妭

(錄自《一切經音義》)

醫 醫 毉

備 俻 俻

(錄自《干祿字書》)

啼 嗁 嗁 嗁 渧

飲 歛 余 飱 飡 湌 畬

(錄自《集韻》)

寶 寶 寉 傑 䆞 寳 寀 寳 珤 珤 珤 宋 実 㝋

无 無 旡 㷻 燅 燊 㶐 㷉 燤 㷬 㷭

(錄自《康熙字典》)

《康熙字典》收字近五萬，固然是隨着社會和語言的發展，收
了不少已經死亡的字，也收了不少記錄新詞的新字；但異體
字多，也是字數大量增加的重要原因。異體字在《康熙字典》
中佔總收字數的三分之一左右（據四川、湖北《漢語大字典》
組油印數據粗略統計）。

　　從古書上看，異體字可以分為兩大類。一類是兩個字同
樣常見。例如：

詠咏　睹覩　綫線　岳嶽　欵嘆　憑凭　俯俛　鷄雞
雁鴈　詒貽　剩賸

另一類是一個字常見，一個字罕見。例如（常見字在前）：

棄弃　確确^①　驅敺　地墬　俯頫　協叶　時旹　蚓螾

　　有些異體字，在一般書籍中罕見，但在個別古書中則是
專用字。例如：《易經》以「无」為「無」，《漢書》以「廼」為
「乃」，以「毉」為「醫」，以「舩」為「船」等。
　　從形體結構來看，異體字也可以分成幾種情況：
　　1. 形聲字和會意字的差別。如「嶽」是形聲字，「岳」是
會意字；「憑」是形聲字，「凭」是會意字；「淚」是形聲字，
「泪」是會意字。
　　2. 義符不同。如「詠咏、睹覩、欵嘆、鷄雞、雁鴈、詒貽、
驅敺」等。
　　3. 聲符不同。如「綫線、確确（「崔」讀 hú，古音近確）、
時旹（㞢即之）、蚓螾」等。

　　4. 義符和聲符都不同。如:「賸」,從貝,朕聲;「剩」,從刀,乘聲。

　　5. 偏旁位置不同。如「慚慙、和咊、鵝䳩鵞」等。有的是改變了聲符或義符的寫法。如「雜」字本寫作「襍」,從衣,集聲;後來寫作「雜」,「衣」只佔左上角,「集」下的「木」搬到了左下角。

　　異體字在漢字發展過程中長期存在,這與漢字是一種表意文字密切相關。一個字既可以採用會意的方法,又可採用形聲的方法;同是形聲字,採用甚麼義符或聲符也有多種可能性,並沒有必然的聯繫。人們可以依照自己的主觀想像為一個字創造出多種形體;加上封建社會政治、經濟的地域分散性和文化的不普及,這些就是異體字不斷產生並長期存在的客觀條件。

　　至於簡體字,實際上原是異體字中符合簡化要求的一部分字。文字總是要求書寫方便的,在漢字發展過程中,人們力求簡化,創造了不少簡體字。繁簡並存的局面,從甲骨文時代就開始了。例如:

（虎）

（帚）

　　戰國時期產生了大量簡體字，廣泛應用在陶器、錢幣和兵器上。例如：

　　此後，歷代都產生許多新的簡體字。例如：

漢	：	壽寿	國国
六朝：		與与	亂乱
唐	：	憐怜	蟲虫
宋	：	親亲	舊旧

簡體字有利於人民群眾掌握文化，符合漢字發展的總趨勢，但是在古代長期不被正式承認，而被斥為俗字，正式的文書典籍一般是不使用它的，只在民間廣泛流行。

　　中華人民共和國成立後成立了中國文字改革委員會，1956 年公佈《漢字簡化方案》，包含 515 個簡體字和 54 個簡化偏旁。這樣就形成了簡體字和繁體字兩個系統。簡體字的

來源可分為四類：(1) 古字，包括古本字，例如：云（雲）、电（電）；古同字，例如：礼（禮）、尔（爾）。(2) 俗字，即流傳已久的簡體字，例如：体（體）、声（聲）。(3) 草書楷化，例如：书（書）、为（為）。(4) 新造字。例如：灭（滅）、丛（叢）、拥护（擁護）。

　　漢字隨着漢語的發展還產生一種同源字。在語言中，由於詞義的引申，一個詞往往發展成兩個以上的詞。例如：「朝」本來是早晨的意思，後來早上去見君主也叫「朝」（「旦見君曰朝，暮見君曰夕」），於是「朝」發展成「早晨」和「朝見」兩個意義。作早晨解的「朝」和作朝見解的「朝」讀音不同，可能是後來的事。由朝見再引申為朝廷，由朝廷再引申為朝代。從語言的角度看，這應該是同一來源的幾個不同的詞了；但是，作為漢字仍然使用同一個形體。這就還只是語言問題，叫作同源詞。如果隨着語詞的分化，漢字也分化成不同的形體，例如早晨上漲的海水叫「潮」，傍晚上漲的海水叫「汐」，「潮汐」是由「朝夕」分化出來的，「朝」和「潮」、「夕」和「汐」就叫作同源字。同源字從字形上看，可以分成兩大類。例如：

　　　a. 長（長短）張（拉緊弓弦）漲（水面增高）
　　　　 帳（張開在床上的用具）

　　　　沽（買或賣）　酤（買酒或賣酒）　估（市稅，估價）

　　　　息（止息）　熄（火滅）

　　　　古（古今）　故（故舊）　詁（解釋古語）

　　b.　比（比並）　妃（后妃）　配（配偶）　匹（匹敵）

　　　　枯（草木缺水）　涸（江河缺水）　渴（人缺水欲飲）

　　　　讀（閱讀）　誦（朗誦）

a 類聲符相同，b 類聲符不同。聲符相同的同源字，大多是後起的分化字。例如，買（或賣）酒本來寫作「沽」，為了與一般的買賣區別，後來寫作「酤」。聲符不同的同源字的產生，可能是由於語言中的同源詞常常以某一概念為中心，而以語音的細微差別來表示相近或相關的幾種概念，於是造了幾個完全不同的字來記錄它們。

　　同源字必定是音義皆近，或者音近義同；但是對音、義的考察，必須從古音、古義（即本義）去了解。例如，「長」和「張」，如果用引申出來的今義去了解，「張」是展開的意思，就很難看出它和「長」的意義聯繫了。又如，「讀」和「誦」，今音差別非常大，但古音相近，在上古「讀」是屋部字，「誦」是東部字，陽入對轉，又都是舌齒音。

　　同源字是漢字發展過程中，為了區別同音字而產生的，

它增加了字數，是漢字繁化的現象之一。但作為表意文字，卻有它存在的必要性，這和異體字徒然增加學習負擔的情況是不同的。

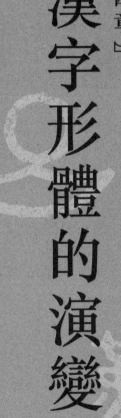

【第四章】

漢字形體的演變

一・形體演變概述

　　從殷商時代起，三千多年來，漢字的發展變化，除舊字的死亡、新字的產生、結構的變化外，在書寫體式方面也經過多次的重大變化，形成好多種字體。早在秦代，人們就對字體作過分類。《説文解字・敘》説：「自爾秦書有八體：一曰大篆，二曰小篆，三曰刻符，四曰蟲書，五曰摹印，六曰署書，七曰殳（shū）書，八曰隸書。」大篆、小篆兩種字體，有時代的先後，形體的繁簡。刻符是刻鑄在符信上的文字，摹印是印章上的文字，署書是簽署用的文字，從傳世的文物來看，這三種文字只是用途不同，字體都是小篆。蟲書也叫作鳥蟲書，是一種帶鳥形、蟲形的圖案文字，基礎還是小篆，多用在兵器上。殳書是兵器上的文字，字體是比較草率的小篆。隸書是秦代一種新興的字體。因此，八體實際上只是戰國時代的秦國和秦王朝使用的大篆、小篆、隸書等三種字體。魏晉以後，許多人對字體進行分類，標新立異，巧立名目，有多至一百體、一百二十體的，這與字體演變完全無關，不在本書討論之內。通行的分類，有「真草隸篆」四體，這比較正確地概括了漢字形體的幾次重大變化。

　　從商代到現在，漢字的形體經歷了兩次最大的變革：第

一次是由篆書變為隸書，第二次是由隸書變為楷書。通常把小篆以前的文字總稱為古文字，包括甲骨文、金文、六國古文、籀文、小篆；隸書是漢字形體演變史上的重要轉折點，是古文字演變成現代文字的分水嶺；楷書是從隸書演變出來的，通行至今，成為一千多年來的正式字體；草書是各種字體的自然簡化，是它們的寫得潦草的形式；行書是介乎楷書和今草之間的形式，是一種通行了一千多年的手寫體。

漢字形體的演變是由近似圖畫的寫實象形變成由筆畫組成的符號，主要是筆勢的變革，即筆畫姿態的變革。例如：

從甲骨金文到楷書、行書，「好」字的結構沒有變化，但筆勢卻起了很大的變化。隸變以後，已經看不出原來的象形面貌了。形體的演變，總的趨勢是由繁趨簡，小篆比甲骨金文和籀文簡便，隸書比小篆簡便，楷書、行書又比隸書簡便。

二·甲骨文

甲骨文是商代的文字。甲指龜甲，骨指獸骨。由於這種文字是刻寫在龜甲或獸骨上，所以叫作甲骨文。甲骨文大都是商王朝當時占卜吉凶的記錄[①]，因此又稱作甲骨卜辭。

這些甲骨埋在河南安陽西北洹水邊上小屯村一帶的地下三千多年，直到 1899 年（光緒二十五年）才被人們發現是極有價值的文物。據説當初農民翻地時發現一些甲骨，把它當作藥材，叫作龍骨，賣給藥店。1899 年王懿榮因患瘧疾，買來藥物，其中有龍骨，他發現上面有字，認為是古物，於是把藥店刻有文字的龍骨全部買了下來。消息傳開，爭購甲骨成風。後來有組織地發掘了十多次，出土了大量甲骨，形成了新興的甲骨學，揭開了文字學、考古學的新篇章。小屯一帶本是商代後期盤庚遷殷以後的都城遺址。《史記·項羽本紀》説：「項羽乃與〔章邯〕期洹水南，殷虛上。」文中的「殷虛」指的就是這個地方。出土的甲骨文已證明是商代從盤庚遷殷到帝辛（紂王）共八代十二王二百七十三年間（前 1300

---

① 新中國成立後在河南鄭州、洛陽和山西洪趙縣、陝西西安等地也發現有字甲骨，陝西周原甲骨卜辭，記載周文王時代的事。

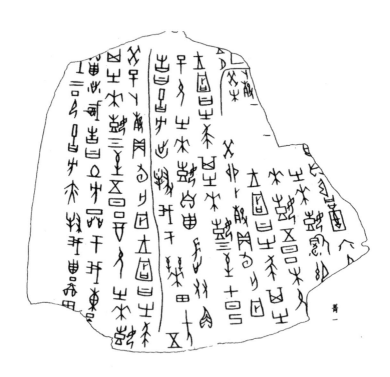

圖四　甲骨（羅振玉《殷墟書契菁華》）

釋文：(1) 癸巳卜，殼貞：(2) 旬亡囗(禍)？(3) 王占曰：出(有)祟，
其有來媸(艱)。(4) 乞(迄)至五日丁酉，允出(有)來媸(艱)自西。
沚𢆶告曰：土方正(征)于我東啚(鄙)，戋(烖)二邑；舌方亦牧我
西啚田。

至前 1028 年）的卜辭。

殷代統治者最迷信鬼神，無論祭祀、戰爭、漁獵、年成、風雨、災害、疾病、禍福等，各種生產活動、政治活動，都要事先占卜一下，記錄下占卜的日期、事件和預兆，事後再記下它的應驗。一篇完整的卜辭包括四個部分。第一部分是「前辭」，記占卜日期和占卜人的名字；第二部分是「命辭」，即命龜之辭，記卜問的事情；第三部分是「占辭」，即察看卜兆而預計事情成敗吉凶的言辭；第四部分是「驗辭」，即事後記錄的應驗。例如上頁圖四左邊的刻辭。出土的卜辭，並非都包括這四部分，很多只有一部分或兩部分。

幾十年來，前後出土的甲骨有十五六萬片，使用的單字有四千多，能夠確實認識的已超過一千字。從出土的甲骨文來看，漢字當時已發展成相當成熟的文字體系，後人所謂的「六書」——幾種不同形體結構的字，在甲骨文中都已有了，形聲字約佔百分之二十，同音假借廣泛使用。因此，商代奴隸社會的政治、經濟、軍事、文化、社會組織、風俗習慣等各方面的情況，都能用這種文字作為書面語言反映出來，成為我們今天研究古代奴隸社會的極其珍貴的文獻資料。但是甲骨文畢竟是早期的文字，同後代的籀、篆、隸、楷有相當大的差異，主要表現在以下幾個方面：

1. 在很大程度上還沿用圖畫寫實的手法，有不少字保留了圖畫文字的特點。例如：

これらの文字は象形逼真，一望就知道是馬、鹿、鳥、魚、龜等動物。即使是會意字、形聲字，也是以象形符號作為基礎。例如：

「步」字，畫的是兩隻腳，一前一後，表示步行。

「為」字，是畫一隻手和一頭象，表示人驅使大象幹活，有所作為。

「伐」字，是畫一支戈砍在一個人的頭部，表示殺伐。

「鳳」字，是畫一鳳凰的形狀，加上一個聲符「凡」（丮）。聲符是後加的。

「雞」字，是畫一隻雞，加一個聲符「奚」。

「啟」（晴）字，在會意字「啟」（開門）的基礎上加一「日」字，成為形聲字。

2. 形體結構沒有定型化，同一個字有多種寫法。例如：

這兩個字的各種寫法，不僅筆畫多少不一，造型特徵也有差別。許多字往往有一二十種寫法，「豕」字竟多達四十一種寫法。

3. 書寫款式沒有一定規範，可以正寫，也可以反寫，還可以倒寫、斜寫。例如：

4. 有的字偏旁不固定，可以更換。例如：

牢：<!-- image -->（從牛）　<!-- image -->（從羊）

逐：<!-- image -->（從豕）　<!-- image -->（從鹿）　<!-- image -->（從兔，非逸）

莫（暮）：<!-- image --> <!-- image -->

5. 字的大小不一，形體繁的佔的面積大，形體簡的佔的

面積小；有些把兩三個字結合在一起成為合文。例如：

	這是「二邑」兩個字，「二」字只佔不到三分之一的面積，「邑」字佔了三分之二以上。
	「武丁」的合文。
	「牝牡」的合文。
	「十二月」的合文。
	「辛亥貞」的合文。

甲骨文的字形結構和書法特點在兩百多年中有不少發展變化。獨體變合體，象形變形聲，是字形結構方面的發展。例如，早期的「雞、鳳、星」等都是象形的獨體字，晚期多寫作合體的形聲字。在書法方面，後期逐漸趨於方正，排列均勻整齊，文字端正嚴整，小字居多，大小較劃一，表現出刻寫技術的日益成熟。

三‧金文

　　金文是用於銅器上的銘文。商、周兩代的銅器出土的以

鐘鼎為最多，鐘是主要的樂器，鼎是主要的禮器，所以又叫鐘鼎文。

　　商、周兩代有銘文的銅器已經出土的在四千件以上，其中商代的銅器很少。商代早期有銘文的銅器只有一至六個字，往往是記作器人的族名或名字，或記為某人作器。商代後期的銅器才有較長的銘文，但最多不超過五十個字。西周前期銅器銘文才漸長，銘文最長的毛公鼎多至四百九十七字。殷代和西周的銅器銘文，大多文辭古奧，直到現在有些銘文還不能完全理解。西周末期銅器的銘文已有韻文的形式，春秋時代，韻文漸多。戰國以後，青銅器漸被鐵器所代替，鑄器和勒銘的工藝都漸趨粗糙簡略。金文是研究西周和春秋時期文字的主要資料。圖五是周初天亡簋（gǔ）的銘文。

　　漢朝就常有銅器出土，《説文解字·敍》說：「郡國亦往往於山川得鼎彝，其銘即前代之古文。」但流傳不廣，連許慎也沒見過，因此在《説文》中他一個金文也沒有徵引。六朝到唐代銅器出土得更多，據張懷瓘《書斷》說：「往在翰林見古銅鐘二枚，高二尺許，有古文三百餘字，記夏禹功績，字皆紫金鈿，似大篆，神采驚人。」但這些銅器上的文字，都沒有流傳下來。

　　銅器上的銘文受到重視，是從宋代開始的。嘉祐年間

（1056—1063 年）劉敞在長安收集到大批古器物，寫了一部
《先秦古器記》。他把器物上的銘刻拓本送給了歐陽修，歐陽
修正在作《集古錄》，把它收錄在書中。可惜《集古錄》早已
亡佚。但由於劉敞、歐陽修的提倡，北宋研究古器物成為習
尚，著錄的銅器有六百多件，研究金石的著作有八十多種。
南宋和元、明兩代，只有極個別人熱心於古器物的收藏和研
究。清代乾隆以後，銅器出土的數量遠遠超過北宋，金文的
研究盛行起來。清末以來，隨着甲骨的出土，古文字的研究
受到人們的重視。金文同甲骨文一起，成為研究中國古文字
和古代歷史的珍貴寶藏。

　　先秦銅器上的文字，據容庚《金文編》（1959 年本）所收
商、周兩代三千多件銅器銘文用字，已經考釋出來的約二千
字，沒有考釋出來的約一千二百字。

　　金文和甲骨文是同一系統的文字，金文的形體結構與甲
骨文相比，沒有太大的變化。商代的族名金文寫法較保守，
比甲骨文更加接近圖畫。商代金文一般同甲骨文一樣，已經
大大簡化，符號性加強，具有甲骨文在形體結構和書寫方面
的特點，即象形程度比較高，形體結構沒有定型化，書寫款
式沒有完全規範，有合文等。但由於書寫工具的不同，甲骨
文同金文的書寫體勢卻是有分別的。甲骨文是用刀刻在堅硬

圖五　天亡簋

（北京大學歷史系《古文字學講義》）

釋文：乙亥，王又大豐，王凡三方。王祀于天室，降，天亡又（佑）
王。衣（殷）祀于王不（丕）顯考文王，事喜（饎）上帝。文王監在上，
不（丕）顯王乍（作）眚（省），丕鞻（肆）王乍（作）庸，不（丕）克乞
（訖）衣（殷）王祀。丁丑，王鄉（饗），大宜。王降，亡勳爵，退囊
（讓）。隹（惟）朕又（有）慶，每（敏）啟王休于尊殷。

的甲骨上，所以筆勢方折，筆畫單瘦，一般都是細線條；金文是範鑄的文字，所以既有方的轉折，也有圓的筆道，筆畫有粗有細，常有肥筆。例如：

甲骨文　𦥑　𠂤　𤘘

金　文　𠂤　𤰔　𤡮

（父）　（正）　（家）

西周初期的金文同殷代金文的字體沒有多少分別，中期以後逐漸發生變化，西周晚期變化顯著。變化的主要趨勢是線條化和勻圓整齊，即方形圓形的肥筆為線條所代替，筆畫基本是用圓的轉折，字形大小整齊。例如：

西周前期：𡗞　𤣩　𢎘

西周後期：天　王　𢎘

（天）　（王）　（又）

經過這樣的變化，已經初具小篆勻圓齊整筆畫的雛形。文字的象形程度降低了，符號性加強了，書寫也比較簡便。

　　春秋後期有些銅器上的文字，由於追求字形美觀，往往

把筆畫拉成細長，故作宛轉曲折之勢，有時甚至加上鳥形或蟲形圖案作為裝飾，後人稱之為鳥篆或鳥蟲書。例如：

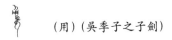
（用）（吳季子之子劍）

四・六國古文

　　戰國時期是我國社會發生劇烈變化的時代。周王朝完全喪失了統治權力，秦、齊、楚、燕、韓、趙、魏七個諸侯強國，各自為政，征伐兼併，政治經濟激劇變化，學術文化蓬勃發展，文字使用越來越廣泛，書寫工具也有很大改革。在這種情況下，漢字變化迅速，各諸侯國的文字產生了較大的差異。

　　秦統一天下後，廢棄了與秦文不合的六國文字。漢武帝時從孔子住宅的夾壁中發現了一些經書，稱作「古文經」。西漢末年古文經學興盛，人們於是把以孔壁所藏經書作為主要依據的字體稱作「古文」。這種古文是戰國時期魯國的文字。許慎作《說文解字》時，收錄了古文經中的「古文」五百餘字。

　　六國文字，最可靠的資料是解放後出土的戰國文物。戰
國時期主要的書寫材料是竹簡和繒（zēng）帛，上面的文字
合稱簡帛文字。寫在繒帛上的字，又稱帛書或繒書。此外，
出土的戰國的兵器、印璽、陶器、貨幣上也有文字，稱作戰
國金文、璽印文字、陶器文字、貨幣文字，但字數較少。出
土的戰國文字，主要是寫在竹簡上的。1949 年後在湖南長
沙、河南信陽、湖北江陵等地的戰國楚墓中，都發現了大批
竹簡。僅湖南出土的文物，就搜集了一千九百多個結構不同
的楚國文字。圖六是長沙仰天湖出土的一片竹簡。

　　六國文字最顯著的特點是簡體字流行。例如：

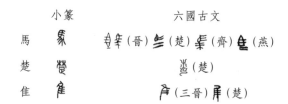

簡體字的大量產生是符合文字演變的總趨勢的，但各諸侯國
文字演變的具體情況不一致，因而造成「文字異形」的現象
很嚴重，例如上面所舉的「馬」字。這給我們今天考識六國
文字帶來較大的困難。

圖六　長沙仰天湖楚簡第三簡（史樹青《長沙仰天湖出土楚簡研究》，群聯出版社 1955 年版）

釋文：鑄箕一十二箕，皆又繢縷。

圖七　魏三體石經（蔣善國《漢字形體學》）

　　六國文字與甲骨金文在書寫體勢上有差異，因為這種文字大多是用毛筆寫在簡帛上，筆畫往往前粗後細，形狀有點像蝌蚪，所以又叫「科斗文」。《説文》中所收的古文在字形結構上雖然往往與出土的六國文字相合，但書寫體勢卻不完全相同。這是因為許慎作《説文》時，並未見過古文經原本，古文經由於輾轉傳抄，書法筆勢已經失真；並且今天傳世的《説文》中的古文，是宋代句中正、王維恭等人師法《魏三體石經》中的古文字體摹寫的。它是三國時代偽造的六國古文，書寫體勢自然不同於原來的六國文字。

　　《魏三體石經》刻於正始二年（241 年）。它是用古文、小篆和隸書把《尚書》《春秋》刻在石碑上，所以叫《三體石經》。共三十五塊石碑，約十四萬七千字。經過一千多年，石碑早已崩毀亡佚，拓本也僅存古文二百多字。1895 年以後在洛陽陸續出土了一些殘石，存古文計六百多字，去掉重複的，存古文三百多字。新出土的《魏三體石經》如圖七所示。《魏三體石經》中古文的筆畫兩頭尖細，實際上並不像頭粗尾細的蝌蚪，這完全是書寫石經的人沒有見過真正的六國古文而附會蝌蚪的名字臆造出來的一種古文字體。

五・秦系的大篆和小篆

篆書是由商、周兩代的文字發展而成的，是春秋戰國到秦漢之間秦國和秦王朝應用的一種字體。篆書的得名是從寫法上來的。《說文解字》說：「篆，引書也。」引是引申拖長的意思。當時已用毛筆寫字，為了把字寫得整齊，需要把筆畫的長短疏密配搭勻稱，一筆一筆要引長來寫，以構成一個完整的形體，所以稱作「篆書」。春秋戰國時期秦國應用的文字叫作「大篆」，秦統一天下後應用的是「小篆」。小篆是由大篆演變而成的。需要注意，大篆這個名稱過去使用的情況比較混亂。有的用來指早於小篆的所有古文字，有的把西周後期的金文和石鼓文叫大篆，有的把春秋到戰國初期的各國文字都叫大篆。在這裡，我們用它專指春秋戰國時代秦國的文字。

秦國的文字流傳至今的，首先需要提到籀文。《漢書・藝文志》載「史籀十五篇」，班固在自注裡說：「周宣王太史作大篆十五篇，建武（東漢光武帝年號）時亡六篇矣。」後來人們就把《史籀篇》流傳下來的字體叫作「籀文」，也稱「大篆」。《說文解字》在重文裡收錄了籀文二百二十三字，並在《說文解字・敘》裡說：「宣王太史籀著大篆十五篇，與古文或異。」從許慎以後，一般都認為《史籀篇》是周宣王時的作品，作者

是太史籀。根據近人研究，這種說法是不可信的，籀文應該是春秋戰國時代秦國通用的文字。

　　保存至今的秦國文字還有石鼓文和詛楚文。石鼓文是唐朝初年在天興縣（今陝西鳳翔縣）發現的十個石碣上的文字。

圖八　石鼓文（《北京圖書館藏中國歷代石刻拓本匯編》，中州古籍出版社）

釋文：遊（吾）車既工，遊馬既同。遊車既好，遊馬既駽。君子……

因為石碣的形狀像鼓，所以稱作石鼓。關於石鼓的製作年代，存在很多分歧的意見，從各方面來看，時代不會早於春秋後期，也不會晚於戰國前期。現在，這十個石鼓保存在故宮博物院。石鼓上刻的文字是歌頌田獵宮囿的四言詩，總共六百多字，到唐宋時代已多殘缺，現存的字只有三百多個。最完好的拓本是北宋的先鋒本，存四百九十一字。圖八是石鼓文的拓文選錄。

　　詛楚文共有三種石刻：巫咸文、大沉厥湫文、亞駝文。各三百多字，都發現在宋代。內容都是秦人詛咒楚人，所以合稱詛楚文。原石早已丟失，現在只能看到摹刻本。

　　籀文、石鼓文、詛楚文的字形很接近。它們的共同特點是字形整齊勻稱，筆畫圓轉，繼承了西周晚期金文的書寫體勢，卻向勻稱、圓轉的方向發展了，體勢已經與小篆很少分別，只是形體一般比小篆繁複。例如：

籀　文				
石鼓文				
小　篆				
	（圍）	（則）	（員）	（栗）

　　小篆本來就叫篆文，漢代人把它叫作小篆或秦篆。秦始皇二十六年（前 221 年）統一六國後，丞相李斯鑑於戰國時代各諸侯國的文字形體差異很嚴重，影響了政令的通行，於是提出了統一文字的主張，「罷其不與秦文合者」，「皆取史籀大篆，或頗省改」（《說文解字·敍》）。這是漢字發展史上第一次統一文字的運動，由李斯等人搜集了當時通用的漢字，以秦國的文字作標準，加以整理，編成《倉頡篇》《爰歷篇》《博學篇》，合稱「三倉」，以識字課本的形式頒佈全國，作為典範。這對漢字的發展具有深遠的意義。小篆和籀文是一脈相承的，二者在形體上相同的多，不同的少。不同的字

也是對籀文的省改。「省」是簡省籀文的繁複，「改」是改變籀文某些難寫的或奇特的字形。例如：

籀　文	𥝲	𤲬	墜	𣎵	𢒟
小　篆	𤲬	敗	地	𣎵	馬
	(秋)	(敗)	(地)	(子)	(馬)

前二字屬於「省」，後三字屬於「改」。因為籀文又叫大篆，所以漢代人把這種由籀文省改成的字體叫作小篆。

　　漢字從商周古文字演變成小篆，經歷了一千五六百年。這一階段漢字形體演變的趨勢是由寫法「隨體詰詘」的不統一變為形體固定，由不整齊變為整齊，由形體繁複紛雜變為簡單而有條理。在筆畫勻圓整齊化的省改下，有些字形已經喪失了原來象形的面貌，圖畫性大大減弱，線條符號性進一步加強，成為古文字的最終形式。小篆的特點就在於寫法固定，結構整齊，由商周的古文字演變到小篆也就是定型化了。

　　對於小篆的保存和流傳，《説文解字》起了十分重要的作用，它收錄保存下來九千三百五十三個小篆的形體；此外秦漢的金石刻辭也保存了不少篆字。例如圖九《新郪虎符》。

這個虎符當是秦統一六國前二三十年至前十年的東西，上面的字體已完全是小篆。正好說明這種字體早已在秦國通行，李斯等人不過做了一些整理的工作。

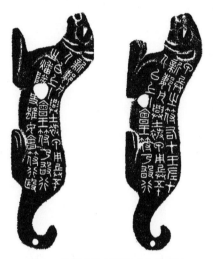

圖九　新郪虎符（《殷周金文集成》）

釋文：甲兵之符，右才（在）王，左才（在）新郪。凡興士被甲，用兵五十人以上，〔必〕會王符，乃敢行之。燔燧事，雖毋會符，行殹（也）。

六・隸書

隸書分為古隸和今隸。古隸又叫左書或秦隸，今隸又叫

漢隸。今隸由古隸演變而成。漢章帝以後古隸基本上為今隸所取代。

《漢書‧藝文志》說：「是時（秦）始建隸書矣，起於官獄多事，苟趨簡易，施之於徒隸也。」《說文解字‧敘》說：「四曰左書，即秦隸書。秦始皇使下杜人程邈所作也。」漢以後，人們尊奉班固、許慎的說法，於是認為隸書是因為用隸字的人是徒隸（刑徒，即服勞役的犯人），或者認為是因為造隸字的人是徒隸而得名。其實隸書是一種民間創造的字體，早在六國時期就已萌芽。秦漢之間，文字應用日益頻繁廣泛，由政府規定的正式字體篆書曲折難寫，人民群眾更樂於採用這種簡易的字體；到了漢代，一般通用的就是這種字體，當時就叫「今文」，後來又改名「左書」。「左」就是「佐」，左書就是佐助篆書的意思。它並非「施之於徒隸」，也不是出身於徒隸的程邈個人所創造，程邈最多不過是隸書的整理者。由於統治階級看不起這種民間通行的字體，給它加上了隸書這種誣衊性的稱呼，相傳至今，自然也用不着正名了。

過去，人們大都認為隸書是由小篆演變成的，這也是不正確的認識。其實隸書是由六國古文演變來的。戰國時代的貨幣、陶器、兵器等器物上的文字有的比較潦草，繼承了甲骨文的方折形式，這就是古隸的前身。隸書中有很多字是根

據六國古文改造的，而不是根據小篆。例如：

小篆	𡐋	𠃓	𠘨
古文	𡉴	𠑹	同
隸書	坐	兒	同
	(坐)	(兒)	(同)

　　古隸通行的時間短，因而流傳到後世的很少。圖十是《二世元年秦銅量銘》。銘辭的字都是方正平直的形式，與筆畫勻圓的小篆大不相同，這是最初的古隸。這種方正平直的筆畫，並非對小篆勻圓筆畫的改造，而是沿用比較潦草的六國古文。

　　今隸是漢朝人把筆勢斂束無波的古隸進行改造而成的。今隸的筆勢舒展，帶有波勢挑法。所謂波勢挑法就是在撇、捺等長筆畫上表現出波折上挑等俯仰的形狀。東漢靈帝時刊刻的《熹平石經》是這種字體最重要的石刻之一，如圖十一所示 (左邊是經文，右邊是序文)。

　　由篆書到隸書，是漢字演變史上重要的轉折點，是古文字和今文字的分水嶺。經過這次變革，漢字的形體起了根本變化，主要表現在以下四個方面。

圖十　二世元年秦銅量銘（蔣善國《漢字形體學》）

釋文：元年制詔丞相斯、去疾：法度量盡始皇帝為之，皆有刻辭焉。今襲號，而刻辭不稱始皇帝，其於久遠也，如後嗣為〔之〕者，不稱成功盛德，刻此詔。故刻左使〔毋〕疑。

　　1. 隸書將原來不規則的曲線或勻圓的線條改變成方折的筆畫，字形方正平直，原來的象形面貌再也看不出來了。

　　例如：

甲骨文				
金　文				
小　篆				
隸　書	女	月	衣	隹

圖十一　東漢熹平石經（中國國家博物館藏拓）

　　2. 部分偏旁在隸書中隨着位置的不同發生了變形，異化成若干不同的形體，使字形結構與原來的形體相去很遠。例如：

　　　　楚　楚　同單寫一樣。

　　　　煉　煉　右下一筆變成了一點。

　　　　赤　赤　變成了**小**。

烈　變成了四點。

尉　變成了小。

光　變成了业。

黑　上「火」變成了土，下「火」變四點。

鄰　兩個「火」變成一個「米」。

一個偏旁「火」在小篆裡無論在甚麼位置都是同一個形體，但在隸書裡卻異化成了七八個不同的形體。

　　3. 隸書有時省略小篆的一部分，或者把幾個偏旁合併起來，簡化成比較簡單的筆畫結構。例如：

書　省去一個「東」，並將另一個「東」改為「宙」。

屈　省去「尾」字的「毛」。

書　將「者」省作「日」。

寒　將「𦫵」簡化成「共」。

無　將整個字的筆畫加以省併。

　　4. 由於偏旁的變形、省略和歸併，使得有些不同的偏旁混成為一個。例如：

秦　奉　夫由「廾」(兩個手) 和「丰」變來。

春　春　夫由「廾」和「午 (杵)」變來。

奏　奏　夫由「廾」和「屮」變來。

泰　泰　夫由「廾」和「大」變來。

春　春　夫由「艹」和「屯」變來。

這種偏旁混同的現象在隸書裡同楷書一樣是相當普遍的。

　　總之，漢字演變為隸書以後，完全失去了原來象形的面貌，打破了篆書「隨體詰詘」的結構，是漢字演變史上一次重大的簡化，結束了古文字的時代，開創了今文字的新階段。

七‧楷書

　　楷書又名真書或正書。在漢代，隸書和草書都很盛行，重要的碑碣和書籍都用隸書，一般的簡牘多用草書。但隸書有波勢挑法，一筆一畫寫起來很費事；草書雖然寫起來方便，卻不易認識；因此，從漢末就有了楷書。「楷」是楷模的意思。楷書的名稱，從晉朝就有了；不過，當時並非專指一種字體，凡可作楷模的都可稱作楷書。唐以後才專指現在通

行的楷書。《晉書・李充傳》説:「充善楷書,妙參鍾(鍾繇)索(索靖),世咸重之。從兄式亦善楷隸。」楷隸也是楷書。真書、正書的名稱,南北朝時才有,它們都是與行書、草書相對而言的。《魏書・劉仁之傳》説:「仁之少有風尚,祖涉書史,真草書跡,頗號工便。」王僧虔《答齊高帝書》説:「臣正書第一,草書第二。」

由隸書變成楷書主要是受了草書的影響。用草書流轉的筆勢,去掉隸書的波勢挑法,並適當地加以簡化,就成了楷書。楷書從西漢宣帝時已開始萌芽,東漢末漸趨成熟,魏晉以後成為漢字的主要字體。後世多推崇三國時的鍾繇為第一個著名的楷書家,鍾繇對於隸書、楷書、行書都擅長,他的楷書還帶有隸意。東晉的王羲之發展了楷書的寫法,完全不帶隸意,是楷書書寫體勢的完成者。鍾、王的真跡早已亡佚,現在流傳的鍾、王楷書多是後人的臨摹本,已失真意。出土的北朝碑誌有一千多種,代表了當時楷書的成績。圖十二是《魏故寧陵公主墓誌銘》。

楷書同隸書在字形結構上極少分別(漢隸草頭與竹頭不分),只是在筆勢方面有些不同。不同之點有四:一是把漢隸的挑法改成定型的鈎撇;二是漢隸筆畫波動,楷書筆畫平穩,無漢隸的波勢;三是漢隸特別要求字體平直方正,而楷

書要求不十分嚴格，例如「口」字，在楷書裡往往上寬下窄；四是漢隸整個字勢向外攤開，而楷書卻向裡集中，因此漢隸是扁方形，而楷書趨向竪長形。

　　楷書寫起來沒有隸書那樣費事，又比草書整齊易認，所以一千多年來都作為正式的字體而被廣泛應用。

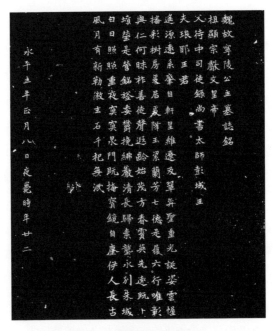

圖十二　魏故寧陵公主墓誌銘

（《北魏墓誌百種》）

八・草書和行書

　　草書的形體是比較潦草的。廣義上說，任何時代的字體，都有工整和草率的分別，也就是說，都有草書。不過，小篆以前，文字沒有定型化，分不出甚麼是正體，甚麼是草體，草意不顯，一般就算作繁體和簡體的分別。

　　草書的名稱是漢代才產生的。《說文解字・敍》：「漢興，有草書。」蔡邕說：「昔秦之時，諸侯爭長，簡檄相傳，望烽走驛，以篆隸之難，不能救速，遂作赴急之書，蓋今之草書是也。」（見梁武帝《草書狀》）草書大約起源於秦漢之間，它是從隸書演變來的。當時為了書寫的便捷，不僅有連筆，而且有些結構是整個隸書字體的簡寫，只要求粗具輪廓，不要求一筆一畫都很清楚。流傳至今的最早的草書資料，是近代西北出土的木簡，漢武帝天漢年間以後的木簡就已帶草意，宣帝以後的木簡不少是純粹的草書。例如圖十三。

　　漢代的草書，雖然筆畫連寫，但仍獨立，筆勢近似隸書。後人把這種帶有隸意的草書叫作「章草」，以區別於漢以後的「今草」。

　　今草是由章草演變成的。去掉章草的波勢挑法，筆勢楷書化，筆畫相連，字與字也常相鈎連，就成了今草。一般認

圖十三（左）　漢代木簡（蔣善國《漢字形體學》）

釋文：可以殲滅諸反國，立大功。公輔之位，君之當有。

圖十四（右）　王羲之《九月十七日帖》（蔣善國《漢字形體學》）

釋文：頻有哀禍，悲摧切割，不能自勝，奈何！奈何！省慰增感！

為，今草是王羲之創始的。王羲之的草字帖，有好幾種流傳至今。圖十四是《九月十七日帖》的前三行。

今草到了唐代，張旭、懷素更恣意損益字形，隨意作鈎連的形狀，被稱作「狂草」。這種字體，牽連宛轉，上下相屬，人自為體，千態百變，濫借偏旁，形體混淆，辨認起來相當困難。因此，「狂草」僅能作為一種藝術品供人欣賞，已喪失了文字進行交際的實用功能。這成了狂草的致命缺陷。

行書是介乎楷書和草書之間的一種字體，魏晉時代已很流行。晉代的王羲之、王獻之父子是寫行書最有名的書法家。行書既接受了今草的直接影響，又保存了楷書的形體。它沒有嚴格的書寫規則，寫得規矩一點，接近楷書的，一般稱作行楷；寫得放縱一點，比較接近草書的，一般稱作行草。行書寫起來比楷書便利，又比草書易於辨認，所以晉宋以來一直成為手寫體的主要形式。這是漢字形體演變的自然結果，是漢字避難就易、避繁趨簡的總趨勢所決定了的。

漢字的結構

一・六書説

　　「六書」是我國古代研究漢字的一種理論。早在春秋時期，就盛行着解説文字的風氣，古籍中保存不少記載。例如，《左傳・宣公十二年》：「夫文，止戈為武。」又，《昭公元年》：「於文，皿蟲為蠱。」《説文解字》引用「通人説」，其中孔子的解説有許多條，例如：「牛羊之字，以形舉也。」「視犬之字，如畫狗也。」「黍可為酒，禾入水也。」「一貫三為王。」這雖不一定真是孔子所説，但很可能是春秋戰國時期流行的文字解説。這種對漢字結構的解説逐漸增益發展，到漢代就成了研究漢字的理論 —— 六書説。它流行一千多年，成為前人研究漢字的金科玉律。

　　六書的名稱，最早見於戰國時代的作品《周禮》。《周禮・地官・保氏》説：「保氏掌諫王惡，而養國子以道。乃教之六藝：一曰五禮，二曰六樂，三曰五射，四曰五馭，五曰六書，六曰九數。」六藝是周代教育貴族子弟的六種基本科目。九數就是乘法的九九表，六書是有關漢字的教學，但不一定是後來的六書理論。

　　把《周禮》的六書解釋為六種造字方法，是從漢儒開始的。班固在《漢書・藝文志》中説：

　　古者八歲入小學，故周官保氏掌養國子，教之六書，謂象形、象事、象意、象聲、轉注、假借，造字之本也。

班固是採錄西漢末年劉歆《七略》裡的解說。同時，劉歆的再傳弟子鄭眾在《周禮·保氏》注中也說：

　　六書：象形、會意、轉注、處事、假借、諧聲也。

　　稍後許慎在《說文解字·敘》中更給六書下了簡單的定義，並各舉了兩個例字。他說：

　　《周禮》八歲入小學，保氏教國子先以六書：

　　一曰指事。指事者，視而可識，察而見意，上下是也。二曰象形。象形者，畫成其物，隨體詰詘，日月是也。三曰形聲。形聲者，以事為名，取譬相成，江河是也。四曰會意。會意者，比類合誼，以見指，武信是也。五曰轉注。轉注者，建類一首，同意相受，考老是也。六曰假借。假借者，本無其字，依聲托事，令長是也。

許慎是劉歆再傳弟子賈逵的學生，他的解說也是來源於劉

歆。因此三家關於六書的名稱和次第雖有不同，但內容卻是一致的。這是漢代古文經學家建立起來的關於漢字構造的一種理論。後代學者一般採用許慎的名稱，而用班固的次第。

　　許慎用六書的理論，分析了九千多個漢字的結構，寫成第一部漢字研究的巨著《說文解字》，使六書的理論得到極大的發揮，成為一千多年來研究漢字的準繩。清代以前，人們迷信六書，不敢稍有損益，都把六書看作造字的原則。直到清人戴震才破除了這種迷信，他說：「指事、象形、形聲、會意四者，字之體也；轉注、假借二者，字之用也。」後來《說文》家段玉裁、桂馥、王筠等都採用戴震四體二用的說法。朱駿聲更把許慎的定義和字例也進行了修訂，他說：

　　　　轉注者，體不改造，引意相受，令長是也。假借者，本無其意，依聲託字，朋來是也。

清代的文字學家對漢字的研究作出了重大成績，對六書說的修訂也是可取的。

　　六書是研究漢字的人從大量漢字結構現象和使用漢字現象中分析歸納出來的一些條例，而不是誰定出的造字原則，

這是首先應該肯定的。六書中的象形、指事、會意、形聲與漢字的結構有關，而轉注、假借則根本無關。正如許慎自己說的，假借是「本無其字」，不過借用了一個同音字來表達語言中的詞罷了。例如：

> 來　本是麳麥的「來」，假借為來往的「來」。
>
> 然　從火，肰聲，本是「燃」的初文，假借為「然而」的「然」。

「來」是象形字，「然」是形聲字。至於轉注，許慎的定義就含混不清，前人的解說紛紜，真是莫衷一是。主要可以分為兩大派：一派認為轉注是造字的方法。如清人江永認為「建類一首」是指《說文》的部首，「同意相受」說的是形聲字和它的部首可以互相訓釋。例如《說文·老部》：「老，考也。」「考，老也。從老省，丂聲。」另一派認為轉注是用字的方法。例如戴震認為轉注就是互訓，《說文》考字下說「老也」，老字下說「考也」，就是互訓的例子。朱駿聲則認為轉注就是引申。「令」字本作發號施令講，由於引申轉為官名（縣令），不另造一個字，這就是轉注。總之，轉注沒有另外造出新字，整部《說文解字》除在《敘》中提到「考」「老」兩字外，在實

際字形分析中，沒有再舉任何例子。有人舉出一些所謂的轉注字，如「白皤、黑黸、焜熿」等，但都不超出象形、指事、會意、形聲四種字的結構。因此，我們認為，轉注只要了解它和漢字的形體結構無關，不必深究。

「五四」以後，研究古文字的學者更進一步破除六書的體例，提出了一些關於漢字結構的新的分類法。唐蘭在他的《中國文字學》中把象形、指事兩類合而為一，提出了「三書說」：「象形文字、象意文字、形聲文字。」有的人把漢字分為兩類：一類是沒有標音成分的表意字（包括象形、指事、會意），一類是有標音成分的形聲字。但是，他們在大類中又往往分出小類，成為新六書，甚至七書、八書。

確實，六書中象形、指事、會意三種字的界限是不十分明確的，例如王筠和朱駿聲對《説文解字》九千多字的分類統計就不一致：

	象形	指事	會意	形聲
王　筠	264	129	1260	7700
朱駿聲	364	125	1167	7697

有的字可以兼類，有個別字在六書中根本無法歸類，例如：

　　　　凰　本作「皇」，是屬「本無其字」的假借；由「鳳」
　　類推而加几，「凡」是鳳的聲符，而「几」既非凰的聲符，
　　也非義符。

這個字既非形聲字，也非會意字，更不是象形或指事。六朝
以後佛經翻譯的某些字也是如此，如：「麬，名夜反。」宋
元以來的某些簡體字和今天某些新簡化字，也不能歸屬於六
書的某一類。因此，我們固然不應迷信六書，過於拘泥於六
書的分類；但是，六書是人們根據漢字的實際情況，加以客
觀分析得出的一些結論，在漢字的研究和教學中起過良好作
用，今天用來分析漢字的結構或進行漢字教學，仍有其借鑑
的意義，不一定非要立一個新的分類法不可，更不宜把它一
筆抹殺。

二·象形字

　　象形字是由圖畫發展來的，它起初與圖畫的區別很細
微。在發展過程中，圖畫特徵逐漸減少，符號作用日益加強。
到了甲骨文時代，象形字已經發展到較高階段，比起圖畫

來，大多數象形字的形體是簡略的。殷商以後，文字更趨簡約。因此，現在所能看到的象形字往往是用圖畫的手法描繪出物體形狀的輪廓或它的特徵部分。

不同的象形字產生的時代有先有後，但總的說來，象形字是文字發展初期的產物。甲骨金文中象形字佔的比重大一些，後來不少甲骨金文中的象形字為後起的形聲字所代替，未被代替的象形字經過隸變也變成了不象形的象形字了。根據楷書來分析象形字是很困難的，而象形字是構成會意字、形聲字的基礎，是整個漢字體系的基本符號。下面列舉一些象形字，根據小篆以前的形體，對其結構進行一些分析。

日　金文作○、⊙、⊖，象太陽的輪廓；甲骨文作⊟、⊡、⊟，變圓形為正方形或多角形，這是受了書寫工具的影響。

月　甲骨文作)、(、⊅，金文作⊅、⊅，象半月形。因為月亮圓時少，缺時多，故取上下弦時之月形，也有別於「日」。

云　甲骨文作⊅、⊅，古文作云，象雲彩回轉上升之形。借用為「云謂」的「云」，於是加偏旁「雨」，小篆作雲，變成形聲字。

申　本是「電」字的古文。甲骨文作🔥、🔥，金文作🔥，象電光閃爍、迴旋激耀之形。借作伸縮的「伸」和十二地支之名，再加偏旁「雨」，小篆作電，變成形聲字。

水　甲骨文作🔥、🔥，金文、小篆都作🔥，象曲折的水流。隸書變成水，已經不象形。

火　甲骨文作🔥、🔥，金文作🔥、🔥，象火焰，有的還迸發出火星🔥。小篆作🔥，已不象形。

山　金文作🔥、🔥、山，象山峰突起、峰巒連綿的形狀。

丘　甲骨文作🔥，象丘陵，四方高，中間低。小篆作🔥，已不象形，但古文「岳」🔥，上面的「丘」字正象四方高中間低的形狀。

泉　甲骨文作🔥，金文作🔥（《散盤》「原」字偏旁），小篆作🔥，象從穴中流出的水。隸變以後作泉，已不成象形字。

牛　甲骨文作🔥，金文作🔥，象牛的頭角、墳起的肩胛骨和尾，突出兩個大角。

羊　甲骨文作🔥，金文作🔥、🔥，象羊頭，角比牛小，向下彎曲。

虎　甲骨文作🔥、🔥，金文作🔥、🔥，象虎形，突出

張開的大嘴。小篆作 🐊，已不象形。

龍　甲骨文作 🐉、🐉，金文作 🐉、🐉，象頭上有冠、張着大口的爬蟲。小篆變作 🐉，已不象形，因此許慎解釋為「從肉飛形，童省聲」，錯認為是形聲字。

鳥　甲骨文作 🐦、🐦，象鳥形。隸變作 鳥，已不象形。

燕　甲骨文作 🐦、🐦，象張開翅膀的燕子，小篆作 燕，隸書作 燕，失去了象形的意味。

虫 (huǐ)　甲骨文作 ϟ、ᘒ，金文作 ϟ、ᘒ，象一種蛇，古書多寫作「虺」。《說文解字》又有蚰 (kūn)、蟲兩部，現在作為蟲的簡化字。

貝　甲骨文作 🐚、🐚，金文作 🐚，象貝形。小篆作 🐚，已不象形。

來　甲骨文作 來、來，象麥形。甲骨文又有 麥、麥，釋作「麥」。實際上「來」「麥」二字在甲骨文中就已顛倒了。麥字下面的夊是 ᘒ (止，即趾) 的變體，本應為來往的來。「來」「麥」二字在甲骨文時代聲音相近，可以通用。「來」字後來專作往來解，作為麥子的來麥的「來」變作「麳」，成了形聲字。

尗　金文作 尗 (《叔卣》中叔字的偏旁)，象豆苗生長之形。《說文解字》：「尗，豆也。尗象豆生之形也。」

豆本是一種盛食物的高足器皿，甲骨文作👑。戰國以後，一般稱豆不稱未，《戰國策・韓策》：「韓地五穀所生，非麥而豆。」借表器皿的「豆」來表示這種植物，於是「未」字漸廢，只用作偏旁。增加偏旁成「菽」，變為形聲字，也很少用。

　　自　甲骨文作👃，金文作👃，象鼻子的形狀，隸變後作自，已不象形。後來用作自己的「自」，於是加聲符「畀」，成為「鼻」，變為形聲字。

　　止　甲骨文作👣，金文作👣（《高且尊》），象腳的形狀。後來加「足」成為形聲字「趾」。在古書裡「趾」是腳的意思，不當腳指頭講。

　　衣　甲骨文作👕、👕，象衣之形，金文作👕、👕，象上衣之形，隸變作衣，不再象形。

　　求　甲骨文作👕，金文作👕，象毛皮衣，小篆作👕，已失象形意味，借用作請求的「求」，於是加「衣」旁為裘，變成了形聲字。

　　射　甲骨文作👕、👕，金文作👕，象箭上弦，準備發射；金文有的加「又」（右手），成為會意字，小篆訛作👕，於是有人認為「射」字是與「矮」字用顛倒了。

眉　甲骨文作，金文作，畫出眼睛，是為了襯托出眉的形狀來。

須　金文作，為了襯托出鬍鬚的形狀，畫出了鼻子。後來借用作副詞必須的須，於是增加形旁彡，成為形聲字「鬚」。

果　甲骨文作，金文作，果實的形狀容易與別的字相混，所以畫在木上。

瓜　小篆作，瓜的形狀不易識辨，連帶把瓜蔓表示出來。

州　甲骨文作，象水中的陸地，為了顯示它的形狀，需要畫出水來。後來再增加水旁，變成形聲字「洲」。

以上列舉了二十九個象形字。它們都是獨體字（即只有一個形體，不能拆開），前二十四個字只畫出事物的本形，後五字為了襯托出事物的形狀，把有關的物體一起畫了出來。

三 · 指事字

《說文解字 · 敘》說：「指事者，視而可識，察而見意，

上下是也。」根據許慎的說解和舉例可以推斷出,他認為指事字不同於象形字的地方在於:象形字是表示具體事物的,重在象事物之形;指事字是表示抽象的事物概念的,重在用象徵的手法表達出字義。指事字也不同於會意字,會意字是兩個以上符號的組合,是合體字;而指事字同象形字一樣,是不能拆開的獨體字。

　　指事字有少數是用不代表任何具體事物的抽象線條來表示字義的,即純符號性的指事字,例如:

　　　　一、二、三、四　這四個數目字小篆作一、二、三、三,除「三」以外,自古以來,很少變化。「四」大概是三的假借字,春秋時代才有人開始寫作「四」。

　　　　上、下　這兩個字小篆作二、二,由一長畫和一短畫組成,短畫在上的就是「上」字,短畫在下的就是「下」字,短畫也有用點來代表的,寫作、、、。由於它們容易與數目字「二」相混,繁化成「上」「下」。

　　　　厶　小篆作厶。《說文》:「厶,奸邪也。韓非曰:『倉頡作字,自營為厶。』」段玉裁注:「公私字本如此,自營為厶,六書之指事也。」「私者,禾名也。」

　　　　丩　甲骨文作丩、丩,金文作丩。用兩條曲線相鈎

連，表示糾纏在一起的意思。後來加「糸」旁，變成形聲字「糾」。

綴　小篆作🔣，用曲線相牽連，表示事物連綴在一起。後來加「糸」旁，變成形聲字「綴」。

有的指事字是在象形字上附加指事符號來表示字義。例如：

本　金文作🔣、🔣，在木的根部加上圓點來指明它的意義是樹根。

末　金文作🔣、🔣，在木的頂端加上指事符號來表示它的意義是樹梢。

刃　刃的意義是刀口，畫不出來，於是在「刀」字上加一指示符號指明是刀的鋒利處。

寸　本義是寸口，即手腕上邊中醫按脈時距手腕最近的部分。小篆作🔣，🔣是手，短橫指明手掌後寸口的地方。

亦　甲骨文作🔣，金文作🔣。「大」是人形，用兩點指明是腋下胳肢窩的意思。「亦」借作副詞，於是另造形聲字「腋」來表示。

　　牟　《說文》:「牟，牛鳴也。從牛，象其聲氣從口出。」

　　「厶」是指明牛口出聲的符號。後來加「口」旁，成為形聲字「哞」。

　　馽（zhí）　小篆作🐴，在「馬」字表示腳的地方加上圓圈符號表示絆住馬腳。後來另造形聲字縶。

　　立　甲骨文作🧍，金文作🧍，象人正面站立在地上。上邊是「大」字，下邊是表示地面的指示符號，不應看作「大」「一」兩字的結合。

　　還有少數指事字是用改造某個字的方法來表示字義，通常是改變文字的方向或增減筆畫。例如:

　　片　小篆作片，是取「木」字的一半，表示劈開的木頭的意思。

　　夕　「夕」和「月」在甲骨文中本是一字，小篆作𝒟，省去「月」字中的一點。

　　叵　不可為「叵」，反寫「可」字而成。

四‧會意字

《説文解字‧敘》説:「比類合誼,以見指撝。」「比類」就是把幾個表示事物的象形或指事符號排比在一起,「合誼」就是把它們的意義組合起來。前者是從形體方面來講的,後者是從意義方面來講的。「以見指撝」就是從中看出它所指的對象概念。因此,會意字必須具備兩個條件:一是由兩個或兩個以上的獨體字組成,一是兩個以上形體組合在一起必須構成一個新的意義。比如「林」由兩個「木」組成,構成新義,《説文》:「平土有叢木曰林。」雖然有兩個以上的形體,但不構成新義,不算會意字,如籀文裡的秌,只是形體的重疊。朱駿聲《説文通訓定聲》:「秌,即余之籀文。」

會意字有用兩個或兩個以上同樣形體組合起來的,也有用兩個或兩個以上不同形體組合起來的。前一類叫同體會意字,後一類叫異體會意字。會意字以兩體為基本形式,三體、四體的較少,五體以上的更少。下面分為同體會意和異體會意兩類舉例説明。

(一) 同體會意

　　從　小篆作**从**,《説文》:「相聽也。從二人。」段注:「從者,今之從字。」「隨行」是本義,「相聽」是引申義。

　　比　小篆作**从**,《説文》:「密也。二人為從,反從為比。」

甲骨文中「從」和「比」二字,既可以寫作**从**,也可以寫作**办**,正反互用,後來才分化為兩個字。

　　北　小篆作**北**,《説文》:「乖也,從二人相背。」本即「背」字,借作表方向的「北」,於是另造新字「背」變成形聲字。

　　棘　小篆作**棘**,**朿**(刺)是樹木的芒刺,「棘」本是叢生的小棗,即酸棗,酸棗多刺,故用兩個「朿」相並。後來用作荊棘的「棘」。

　　棗　棗樹是獨生的喬木,比酸棗高大,故用兩「朿」重疊。

　　友　小篆作**𠬪**,《説文》以為朋友是它的本義。從

古籍中看，可能本義應是友愛、互助的意思，所以用兩個又 (手) 相重疊。

森 《說文》:「木多貌。」即樹木眾多的樣子。

轟 《說文》:「群車聲也。」

淼 是水大的樣子。後來改作「渺」，變成形聲字。

舁 (yú) 《說文》:「共舉也。」象兩個人的兩雙手一同抬舉東西。

澀 (sè) 小篆作，《說文》:「不滑也，從四止。」用雙方兩只腳相頂，表示不滑，後作「澀」，變成形聲字。

(二) 異體會意

初 《說文》:「，始也。從刀從衣，裁衣之始也。」

即 甲骨文作、、，是表示器皿中盛着食物，表示一個人跪坐在地上就食。

既 甲骨文作、，金文作；表示一個人吃完食物反過頭來或轉過身來張口打飽嗝。

鄉 甲骨文作，金文作，象兩個人相對吃食

物，即宴會。引申為面向，假借為鄉里的「鄉」，於是繁化為「饗」，變成形聲字。

　　戒　甲骨文作🦴，小篆作🦴，表示兩手持戈進行警戒。

　　興　甲骨文作🦴，表示眾手共同舉起一物。小篆作🦴，《說文》：「起也。從舁同，同，同力也。」

　　飲　甲骨文作🦴，酉（酉）象盛酒的罈子，🦴象一個人伸出舌頭，🦴正是🦴（舌）字倒過來。小篆訛作🦴，《說文》：「歠也（飲酒），從欠，酓聲。」變成了形聲字。古文訛作㱃、龡。

　　監　甲骨文作🦴，表示一個人低頭對着盛水的器皿在照臉，最古的時候，人們是用水照臉的，後來普遍使用銅鏡，於是加「金」旁，成為形聲字「鑑」。「監」字專用於引申義「監視」。

　　舂　甲骨文作🦴，象兩手拿着杵（chǔ，一頭粗一頭細的短棍）搗臼裡的糧食。

　　糞　甲骨文作🦴，象一手拿掃帚，一手拿箕在掃除髒土。本義是糞除，糞便是後起的引申義。

　　暴　小篆作🦴，《說文》：「晞也。從日從出，從廾從米。」象太陽出來了，兩手拿糧食曝曬。後來再加

「日」旁，成為形聲字「曝」。暴虐的「暴」原是另一個字，隸變以後與曝曬的「暴」相混了。

五·形聲字

形聲字是由一個義符和一個聲符組成的。義符表示它的意義範疇，聲符表示它的聲音類別。形聲字的產生使漢字的性質產生了重大變化，由表意文字過渡到表意兼標音的文字，形成了漢字的新階段。三千多年來形聲字不斷增加，由甲骨文的百分之二十增加到了現在的百分之九十以上。了解形聲字的形體結構及其性質，對掌握漢字具有重大作用。下面從形聲字的組織成分、義符和聲符的搭配方式以及形聲字的表意標音作用等方面進行一些分析。

(一) 形聲字的組織成分

漢字是單音節的，按理說，任何形聲字都只需要一個義符表示它的意義範疇，只要一個聲符標示它的聲音類別。可是，按《說文解字》的分析，卻有兩個或兩個以上義符或聲符的形聲字。例如：

　　寢　《説文》：「🀆，寐而有覺也。從宀，從疒（niè），夢聲。」看作二形一聲。疒當作爿（床），小篆訛誤。甲骨文裡有🀆字，表示屋子裡有床，意義當與「寢」字相近，或即「寢」字。這顯然是從疒，夢聲，是一形一聲。「夢」字本義是「不明」的意思，後來借作睡夢的「夢」，「寢」字於是廢棄不用了。

　　碧　《説文》：「石之青美者，從玉石，白聲。」其實應該是從石，珀聲。可能「珀」就是「碧」，由於借作琥珀的「珀」，於是再加「石」旁表義。《漢書・西域傳》中仍作「虎魄」，可見「珀」原非琥珀的專用字。

　　梁　《説文》：「水橋也。從木，從水，刅聲。」周代金文中常見「🀆」字，或用為姓氏，或借作稻粱的「粱」。梁顯然是從木，刅聲。《説文》未收「刅」字，因而分析錯了。

　　寶　《説文》：「珍也。從宀、玉、貝，缶聲。」看作三形一聲。其實應該看作從賨，缶聲。甲骨文作🀆，是個會意字，後來加個聲符表音，變成形聲字。

　　總之，多形多聲是不符合形聲字的結構規律的，後加義符或聲符，原字就應當看作一個整體作為新字的聲符或義符。

　　形聲字的義符和聲符還有一個省形和省聲的問題。省形的形聲字比較少，大致有兩種情況。一是把筆畫繁多的義符省去一部分，例如：

　　　　星　本作曐。甲骨文作 ⚬⚬，夜空的星星很多，用三個 ⚬ 來表示，並非三個日。後來的「晶」，本即「星」字，轉移作星星亮晶晶的「晶」，於是以曐表「星」。曐作為形聲字在甲骨文中已出現。

　　二是省去義符的一部分，空出位置來安置聲符。例如：

　　　　考　《説文》：「老也。從老省，丂聲。」義符「老」，省去了下面的「匕」。
　　　　屨（jù）　《説文》：「履也。從履省，婁聲。」省去了「复」。

　　省聲的形聲字較多，大致有三種情況。一是把筆畫繁多的聲符省去一部分。例如：

　　　　秋　《説文》：「禾穀熟也。從禾，龜（jiāo）省聲。」

籀文不省，作「巍」。

　　珊　　從玉，刪省聲。

　　恬　　從心，甜省聲。

　　淒　　從水，㪔省聲。

二是省去聲符的一部分，空出位置來安置義符。例如：

　　夜　　小篆作夾，從夕，亦省聲。

　　黴　　從黑，微省聲。

　　榮　　從木，熒省聲。

　　島　　從山，鳥省聲。

三是聲符和義符合用部分筆畫或偏旁。例如：

　　齋　　小篆作齋，《說文》：「戒絜也。從示，齊省聲。」
「齊」和「示」合用中間的「二」。

　　黎　　《說文》：「履黏也。從黍，利省聲。」左上角
的「禾」是義符和聲符共享的部分。

省聲、省形是漢字發展由繁趨簡的表現形式之一，是形

聲字中客觀存在的現象；但是《説文》和後代某些文字學家對省聲、省形的説法，有許多是不可靠的。

在分析形聲字的組織成分時，還需要討論一下亦聲問題。段玉裁説：「凡言亦聲者，會意兼形聲也。」許慎在分析合體字時，注意到了這種兼類的現象，他從會意的角度進行分析後，又提出其中某一偏旁是「亦聲」。例如：

　　禮　《説文》：「從示從豐，豐亦聲。」

　　薗　《説文》：「草得風貌，從草風，風亦聲。讀若婪。」

　　叛　《説文》：「半反也。從半反，半亦聲。」段注：「反者，叛之全；叛者，反之半。」

　　志　小篆作㞢，《説文》：「意也。從心，從㞢，㞢亦聲。」

　　婚　《説文》：「從女昏，昏亦聲。」

其實，這種亦聲字，從漢字發展的總趨勢來看，都應看作形聲字。聲符兼表意的，並不限於許慎所提出的亦聲字。

(二) 義符和聲符的位置

　　形聲字義符和聲符的搭配方式多種多樣，粗略地分析一下，有十七種之多：

1. 左形右聲　　　　　　江棋詁昭
2. 右形左聲　　　　　　攻期胡邵
3. 上形下聲　　　　　　空箕罟苔
4. 下形上聲　　　　　　汞基辜照
5. 內形外聲　　　　　　問閩鳳岡（從山，網聲）
6. 外形內聲　　　　　　閣國固匪
7. 形分左右，聲夾中間　街衝
8. 形夾中間，聲分左右　辯隨
9. 形分上下，聲在中間　衷蔑
10. 形在中間，聲分上下　哀莽
11. 形在左上角　　　　　聖荊
12. 形在左下角　　　　　穀雖（從虫，唯聲）
13. 形在右上角　　　　　匙題
14. 形在右下角　　　　　賴佞（從女，仁聲）
15. 聲在左下角　　　　　聽

16. 聲在右上角　　　　　　徒（從辵，土聲）徙

17. 聲在右下角　　　　　　旗寐

　　這十七種形式，有的可以歸併，例如 11—17 可以合併為形佔一角和聲佔一角兩類，7—10 可以合併到 5、6 兩類中去。這許多形式常見的是前四種，而最基本的是第一類左形右聲。除以上方式外，還有個別形聲字的聲符被不合理地割裂成兩部分。例如「雜」，本作「襍」，從衣，集聲。聲符割裂後，義符也變了形，就很不容易分辨了。

　　漢字從小篆以後形體固定，一般不能變動，有的形聲字有兩種以上的搭配方式，因而造成異體。例如：

　　　　峰＝峯　和＝咊　慚＝慙　鵝＝䳘＝鵞

　　但是，有時由於搭配的方式不同就形成不同的形聲字。例如：

　　　　吟≠含　晾≠景　叨≠召　怡≠怠　猶≠猷

(三) 義符的表意作用

義符是表示形聲字的意義範疇的，並不能確切地表達形聲字的具體意義。例如，用「手」(在字的下面寫作「手」，在字的左面寫作「扌」) 作義符時，表明跟它組成的形聲字是與手有關的概念，大致可分為三類：

一是與手有關的名詞：拳、掌、拇、指。

二是與手有關的形容詞：拙、攤。

三是與手有關的動作：把、持、操、捉、提、拉、推、擠、捧、接、撫、按、拱、揖、探、摳⋯⋯

一、二類極少，絕大部分是第三類。同是手的動作，區別卻甚大，有時甚至是相反的，如「拉」和「推」。因此，絕不可能從義符「手 (扌)」就知道它的字義。

只有極少數字，義符與形聲字完全同義。例如：

齒＝齒　父＝爸　舟＝船

因此，義符與形聲字的意義之間的關係是多種多樣的，

它只給形聲字的意義划定了一個大範圍，具有區別同音字的作用，並無直接的表義作用。

還應該看到，義符表示形聲字的意義範疇，往往只適用於本義。由於詞義的引申、文字的假借，事物的發展變化，很大一部分形聲字的義符已經大大削弱，甚至完全喪失了它的表意作用。例如：

張　本義是拉緊弓弦（開弓），引申義有擴大、張開、張掛、陳設等。本義已極少使用，義符「弓」的表意作用已經很小。

理　本義是治玉，引申義有治理、條理、道理、整理、理睬等。本義基本上已不使用，義符「玉」的表意作用幾乎喪失。

難　本義是一種鳥名，假借作難易的「難」。本義不用，義符「隹」完全不起表意作用。

校　本義是木製的刑具，假借作學校的「校」和校正的「校」，與「木」無關。本義早已不用，義符「木」喪失表意作用。

鏡　古代的鏡子是用青銅製造的，所以從「金」；現在是用玻璃製造，用「金」作義符變得不合理了。

　　由於義符只表示形聲字的意義範疇，因此有些形聲字的義符可以替換。例如：

　　　　鵝＝䳇　嘯＝歗　嘩＝譁　逾＝踰

　　上面能互相替代的義符是意義相同或相近的。也有替換的義符之間意義區別較大的，這是因為表示意義範疇的義符往往只表示字義的某方面的特徵，由於着眼點不同，有些字就可以選用不同的義符。例如：

　　　　煉＝鍊　熔＝鎔　盤＝槃　瓶＝缾

　　冶煉的手段是火，冶煉的對象是金屬，着眼點不同，因此義符可以選用「火」，也可以選用「金」。盤子是一種器皿，古代的盤子大多是木質的，因此從皿、從木都可以。熔、瓶同煉、盤的情況相似。由於以上兩方面的緣故，因而有的形聲字可以採用四五個不同的義符來構成異體字。

(四) 聲符的表音和表意作用

　　聲符是標示形聲字的音類的，即使是在造字的時候，也並不一定要求聲符和它組成的形聲字完全同音。如果要求完全同音，往往需要選用生僻字或筆畫繁多的字來充當聲符，甚至有的找不到，因此往往不得不在語音條件上放寬點。但是當初形聲字和它的聲符必然是聲音相近的。段玉裁說「同諧聲者必同部」，這是合乎先秦的語音實際的。在先秦，聲符相同的字一般不但韻部相同，而且聲母也往往同組。例如：

例字	告誥	靠	浩皓	酷	鵠
韻部	覺	覺	幽	覺	覺
等呼	開一	開一	開一	合一	合一
聲母	見	溪	匣	溪	匣
擬音	〔kəuk〕	〔k'əuk〕	〔ɤəu〕	〔k'uə̃uk〕	〔ɤə̃uk〕
今音	〔kàu〕	〔k'àu〕	〔xàu〕	〔k'ù〕	〔xú〕

　　在上古這些用「告」作聲符的字，聲音很相近，韻母大多屬覺部（四字轉幽部），聲母同是喉牙音，只在介音、聲母、聲調方面有細微的差別；但是到了現在，由於兩千多年的語音演變，卻形成了很大的差異。漢字的諧聲系統到中古就已

經亂了，聲符的表音作用大大削弱。現在形聲字的聲符和字音的關係表現出非常複雜的情況，有不少同聲符的形聲字讀音甚至毫無共同點。不過，形聲字和聲符的讀音在大多數情況下仍然比較接近，或者是有規律可循的，像上文所舉從「告」得聲的字，讀音分成兩大類，這是由於語音的發展變化總是有規律的。

聲符本來的職能是標示字音，但有的形聲字的聲符卻兼有表意作用。上文談到的亦聲字就是這種情況，不少《說文》不作亦聲看待的一般形聲字，聲符也兼有表意作用。例如：

> 誹　用言語非難別人。從言，非聲。
>
> 娶　取妻。從女，取聲。
>
> 詁　訓釋古語。從言，古聲。
>
> 駟　四匹馬拉的一輛車子。從馬，四聲。

這類形聲字大多是為了區別本義和引申義或者區別同源詞而加註義符所形成的分化字。宋人王聖美提出「右文說」（即聲符表義），雖然看到了形聲字中部分聲符表義的現象，有其合理的因素，但過分誇大，往往流於主觀臆斷。因為聲符有表義的，也有不表義的，不同聲符的字，也有音近義通

的，不可一概而論。

六・偏旁、部首和筆畫

　　在分析漢字的結構時，通常把組成合體字的部件叫作「偏旁」。例如，「休」字是由「人」和「木」兩個偏旁組成的。偏旁也叫「旁」，口語裡有立人旁（亻）、豎心旁（忄）、提手旁（扌）等説法。形聲字的義符和聲符還分別稱作形旁和聲旁。例如，「言」是「謀」字的形旁，「某」是它的聲旁。偏旁這個名稱本來是用於左右並列的部件的，由於左右並列是漢字最常見的組合形式。後來就用它概括各種組合形式的部件。但在口語裡，把上下組合形式中在上的偏旁叫作「頭」，如草字頭（艹）、寶蓋頭（宀）等。近年來，有人根據漢字教學的需要，主張按偏旁的位置分別定出不同的名稱，例如在上的叫作「頭」，在下的叫作「底」，在外的叫作「框」，在內的叫作「心」。

　　我們今天研究或教學漢字的形體結構，重要的不在某個字屬於六書中的哪一種，而在於弄清楚它的間架結構，即由哪些部件組成和怎樣組成的。不少小學教師利用偏旁分

析方法進行漢字教學，取得了很好的成績，這是值得充分肯定的。

　　分析漢字的結構，還有一個跟偏旁有密切關係的術語，即部首。一般説來，部首就是形旁，也就是義符；形旁是對聲旁而言，部首是就它所統屬的字而言。第一個提出部首名稱的是許慎，他在《説文解字》中按照六書的原則，把小篆的形體結構加以分析歸類，從中概括出五百四十個偏旁作為部首，凡同一偏旁的字都統屬其下。例如：「口」是第二十二部的部首，嚼、嗉、吻、咽、嗌、呱、吮、含、味、唾、喘、呼、吸、吹、哲、問、和、唐、吐等一百八十二字都統屬在口部之下。部首標示着該部字的本義所屬的意義範疇，《説文解字》五百四十部一般都體現了這一情況。《説文解字》的部首查檢很不方便，明代梅膺祚編《字彙》時，把五百四十部改併成二百一十四部。有的部首歸併不影響字形結構的分析，如刀部、刃部和韧（qià）部合併；有的部首歸併就打亂了字形結構的分析，如把匕（huà）部、北部合併於匕（bǐ）部之後，這一部所收的字本義就不屬於同類意義範疇了。此後，絕大多數用部首編排的字典、詞典，如《康熙字典》《辭源》《辭海》等，都沿用《字彙》的分部。還有一點，後代的字典，有少數字的歸部也與《説文》有差異。例如：

　　　　所　　從斤，户聲。本義是伐樹的聲音。《説文》歸
斤部，《辭海》歸户部。

　　　　舅　　從男，臼聲。本義是母之兄弟。《説文》歸男
部，《辭海》歸臼部。

　　解放以後新編的字典，部首的分合又有些變化，《新華
字典》前面所附的部首檢字表分一百八十九部，《現代漢語詞
典》的部首檢字表分為二百五十一部，都是在二百一十四部
的基礎上修改而成的。由於簡化字的推行，歸部的差異更大
一些。《字彙》以後的部首是檢字法的部首，在檢字上比《説
文解字》五百四十部方便得多，是一進步；但對於分析字形
結構，加深對詞義的理解，卻不如《説文解字》所用的文字學
原則的部首。

　　隸書以後，漢字書寫的最小單位是筆畫，這與現行的楷
書的結構也有密切關係。漢字有以下八種基本筆畫：

　　　　、　一　｜　丿　乁　丶　乚　丿
　　　點　横　竪　撇　捺　提　鈎　啄

基本筆畫可以連寫成比較複雜的筆形：

└　┐　ﾉ　ﾉ　〈　乁　亅

竪橫　橫竪　橫撇　撇橫　撇點　橫彎鈎　竪鈎

這些筆形可以用「折」這個名稱來概括。

跟筆畫有關的還有一個筆順的問題。筆順是指書寫時筆畫的順序。漢字的筆順一般都是從上到下，從左到右，這主要是書寫問題，不多討論。

第六章

漢字改革

一‧漢字改革的必要性

漢字是世界上歷史最悠久、影響最深廣的文字之一。幾千年來隨着社會的發展，漢字的形體結構經歷了多次重大變化，發展的總趨勢是由繁趨簡，由表意到標音，但始終還停留在表意兼標音的階段。這種表意體系的漢字在歷史上有着不可磨滅的功績，現在仍然是我們進行文化教育、生產建設的重要工具，今後還要繼續為中國人民服務下去，為我國文化和經濟建設作出它應有的貢獻。

但是，我們不能不承認，這種表意體系的漢字是存在嚴重缺點的。漢字的主要缺點是：它不能確切表音，與漢語的矛盾日益尖銳；本身結構複雜，數目繁多，一字多音，同字異體，是一個非常複雜繁難的符號體系。據考察，《康熙字典》收字總計四萬九千零三十字（包括備考和補遺），但除了異體、重文外，只有二萬二千多字。「十三經」累計五十八萬九千二百八十三字，但不重複的單字只有六千五百四十四字。因此，漢字的總數估計在五六萬個以上，通用的也有六七千個，即使閱讀一般的書報，也需要掌握三千多個漢字。因此，要學會漢字，自然有不少困難。

第一是難認。漢字數目多，形體複雜，有不少字差別

又很小，例如「己、已、巳」，「戊、戌、戎、戍、戉」等；
有的偏旁容易相混，例如「鍛、假」，「陷、蹈、踏」等。要
認識幾千上萬個漢字，主要靠死記，這是需要付出巨大精
力的。

　　第二是難讀。象形字、指事字、會意字是沒有標音符號
的，就是百分之九十以上具有標音成分的形聲字，也因同一
個聲符可以有很多讀音，不能讀字讀半邊。例如：

　　　　　　也 yě　匜 yí　迤 yǐ　馳 chí　施 shī　地 dì　他 tā　拖 tuō

　　同是以「也」作聲符，就有八個讀音，有的差別還很大。
還有一些形聲字根本就看不出聲符了。例如：

　　　　　　成（丁聲）　喪（亡聲）　書（者聲）　唐（庚聲）

　　此外，形聲字還同象形字、指事字、會意字不易分辨。
因此，漢字的讀音也靠死記，沒有別的辦法。

　　第三是難寫。簡化以前的漢字，五畫以下的很少，大多
數是十多畫乃至二十多畫，最多的甚至達到三四十畫。例
如：鬭（鬥）、顴、鸞、豔。而且寫起來還得注意它的筆順、

結構、間架，否則寫出來很難看。這也成了學習上的沉重負擔。

　　漢字既然這樣難認、難讀、難寫，自然也就難記。學會一個字後，往往不久又忘記了，這是初學漢字的人常有的事情。因此，漢字的繁難嚴重地影響了廣大人民群眾迅速掌握文化。據 1955 年統計，當時的小學，六年時間只能學習三千個左右的漢字，而且不能都鞏固，更說不上完全了解。這同使用拼音文字的國家相比，我們的普通教育在文字教學方面就需要多花兩年時間。這就直接影響了我國教育事業的發展和人民文化水平的提高。

　　同時，目前許多先進科學技術都同文字有密切關係，例如電報、打字、印刷排檢以及機器翻譯等。如果使用表意體系的漢字，推行這些先進科學技術就有很大困難。

　　總之，漢字發展到今天，象形字早已不象形，表意符號早已喪失其表意作用，標音符號也早已不能表音，徒然保留了它形體繁難、符號眾多的缺點。漢字必須在一定條件下進行改革，這是我國廣大人民群眾多年來的迫切要求，也是我國社會主義革命、社會主義建設的重大需要。

二‧漢字的簡化

　　簡化漢字是漢字改革的第一步，目的是精簡漢字的筆畫和字數，以減少漢字認讀、書寫、記憶和印刷中的困難。

　　三千多年來，為了使漢字便於應用，人們一直在簡化漢字的形體。甲骨文中就有不少簡體字，戰國時期的六國古文是對籀文的重大簡化，秦始皇的「書同文」是對當時漢字簡化的總結。南北朝是漢字簡化的新階段，唐宋以後，簡體字日益增加，不僅用於手寫，而且流行於民間的印刷物。就連許多字書，如唐顏元孫的《乾祿字書》、遼僧行均的《龍龕手鑑》、清代的《康熙字典》等，也都不得不收錄了一些簡體字。可見簡體字是源遠流長的，在漢字發展過程中成為一股不可阻擋的潮流。近人趙叔的《六朝別字記》、劉復和李家瑞的《宋元以來俗字譜》是重要的古代簡體字資料專書。

　　清代的學者黃宗羲（1610—1695 年）、江永（1681—1762年）、孔廣森（1752—1786 年）等都喜歡寫簡體字。清末不少知識分子提倡簡體字。1909 年，陸費逵發表了《普通教育應當採用俗體字》的論文。「五四」以後形成了簡體字運動。1922 年，錢玄同在國語統一籌備委員會提出了「減省現行漢字的筆畫案」。1935 年 8 月，當時的教育部被迫公佈了

三百二十四個簡體字，可是在戴季陶等「為漢字請命」的醜劇聲中，1936 年 2 月又來了一道「不必推行」的命令。

但是，漢字簡化是符合漢字發展的總趨勢的，更是廣大人民群眾的迫切要求。主政者禁止推行，人民群眾卻普遍使用簡體字；尤其是在解放區，在識字和普及文化運動中，簡體字大量湧現，油印報刊採用並創造了許多新簡體字。

新中國成立後，為適應社會的需要、人民群眾的要求，立即着手研究漢字的簡化工作。1950 年，中央人民政府教育部社會教育司編制了《常用簡體字登記表》，選出了五百多個常用簡化字。1952 年中國文字改革研究委員會成立，開始研究並草擬漢字簡化方案，1954 年編成《漢字簡化方案草案》，經過廣泛的醞釀討論，1955 年 10 月召開了全國文字改革會議，1956 年 1 月由國務院公佈了《漢字簡化方案》。《方案》把五百四十四個繁體字簡化為五百一十五個簡化字，並規定了五十四個偏旁簡體。有少數簡化字代表多個繁體字，例如：

台＝台臺檯颱　　　發＝發髮

這些簡化字和簡化偏旁從 1956 年 2 月到 1959 年 7 月

先後分四批推行，在推行中略有調整，最後正式定下簡化字四百八十四個。1964 年 2 月國務院發出指示，《方案》中的簡化字和簡化偏旁採用類推的簡化方法，最後由中國文字改革委員會編成《簡化字總表》。表中除收了已經推行的四百八十四個簡化字（包括可用作偏旁的一百三十二個簡化字）外，再加上偏旁類推的簡化字一千七百五十四個，共計收簡化字二千二百三十八個，簡化了二千二百六十四個繁體字。

這些簡化字，絕大部分是人民群眾本來就熟悉的，是人民群眾千百年來的集體創造。有的是採用歷代的簡體字或俗體，例如「办、体、声、乱、宝、尽、对、杰」等；有的是採用老解放區和新中國成立後人民群眾創造的簡化字，例如「认、识、拥、护、阶、队、击、讲、币、进、论」等；有的是採用古字和筆畫比較簡單的異體字或通假字，例如「云、礼、气、网、须、采、从、无、弃、个、才（纔）、后（後）」等；只有一小部分是制訂方案時，根據群眾簡化漢字的方式新創造的簡化字，例如「齿、灭、伞、丛、疟、专」等。

從簡化字的形體結構來看，簡化的方法大致可以歸為以下六種：

1. 省略字形的一部分。例如：

飛—飞　　習—习　　鄉—乡　　聲—声

奪—夺　　奮—奋　　廣—广　　開—开

2. 用筆畫少的偏旁代替筆畫多的偏旁或原字的一部分。例如：

糧—粮　　燈—灯　　擔—担　　憐—怜

陽—阳　　歷、曆—历　　審—审　　華—华

3. 用簡單的符號代替偏旁或原字的一部分。例如：

漢—汉　　對—对　　僅—仅　　轟—轰

趙—赵　　辦—办　　棗—枣　　風—风

4. 草書楷化。例如：

學—学　　東—东　　繼—继　　樂—乐

書—书　　偉—伟　　盡—尽　　堯—尧

5. 另造筆畫少的字。例如：

體—体　　竈—灶　　響—响　　護—护

驚—惊　　膚—肤　　塵—尘　　義—义

6. 借用筆畫較少的同音字或音近字來替代。例如：

干（干戈）、乾（乾濕）、幹（幹部）—干

丑（地支名）、醜（醜惡）—丑

斗（升斗）、鬥（鬥爭）—斗

谷（山谷）、穀（五穀）—谷

　　簡化字是為了易認易寫，因此不少簡化字比隸書、楷書（繁體）更進一步打破了漢字原來形體構造的方式，再不能用六書的原則來進行分析了。上面第一類只留下原字的一部分，很難進行分析；第三類用簡單的符號可以代替許多不同的偏旁，也不能用六書原則進行分析；第四類完全打破了原字的形體結構，只存輪廓，更是無法進行分析的。文字本來只是記錄語言的符號，這些字增強了符號性，只要能記錄漢語，易認易寫，打破了六書原則，也是適應客觀的需要。

　　漢字簡化的方針步驟是「約定俗成，穩步前進」。所謂「約定俗成」就是盡量採用群眾中早已慣用的簡體字，而不是把現行的漢字徹底改造成整批的新字，更不是系統地改變字體，全盤簡化。所謂「穩步前進」，就是說簡化的步驟不是一次完成，而是分批簡化，逐步推行。由於貫徹執行了這一正確的方針步驟，因此簡化字獲得了群眾的擁護支持；簡化字推行以來，對提高廣大人民群眾的文化水平，發展科學文化事業，收到了舉世公認的成效。

　　漢字簡化以後，筆畫大大減少了。《簡化字總表》中第一、第二兩表五百二十七個簡化字的繁體平均每字十六畫，簡化後平均八畫，第三表偏旁類推字一千七百五十四個字，繁體平均每字十九畫，簡化後平均十一畫。教育部 1952 年公佈的掃盲兩千字《常用字表》中仍有一百字在十九畫以上，二百零九字在十七畫以上。這些字和其他筆畫多的常用字，要不要簡化？意見必然是會有分歧的。1977 年文改會又公佈了《第二次漢字簡化方案》（草案），遭到激烈反對，沒有通過。我們認為，漢字是否繼續簡化，需要有一個通盤考慮，要正確貫徹「約定俗成，穩步前進」的方針步驟。要提倡「百家爭鳴」，發揮群眾和專家兩方面的積極性。「約定俗成」不是新簡化字使用人數或區域的簡單統計數字，應從漢字的整

個體系、從歷史、從是否既簡單又好辨認等各個方面來全面考慮。簡化並非筆畫越少越好，必須考慮不同的字易於辨認，文字是供人閱讀的，如果只考慮筆畫少，容易寫，那麼速記符號就是最理想的文字了。簡化要力爭少創造新字，避免增加漢字的總數。已經簡化過一次的字，如果沒有特別需要，就不宜再進行簡化；因為簡化漢字要考慮初學的人，也要考慮文化水平較高的人。今後中國人民的文化水平將普遍提高，如果一再簡化，將來文化水平較高的人要閱讀這幾十年出版的書刊，一個字就需要學會幾個異體，徒然增加負擔。簡化中對印刷體和手寫體也應區別對待，印刷體需要統一規範，手寫體卻不宜規定過死，而且也是做不到的。總之，簡化絕不是單純的簡省筆畫，而是既要字形簡單，又要分別明顯，識認簡便；對初學要簡易，對深造也應提供方便。

簡化字形是漢字簡化的主要工作，但還有另一方面的工作，這就是精簡字數。簡化字中同音代替的方式就是精簡了字數，但主要目的不是為了這個。精簡字數主要表現在廢除異體字。1949 年以後，有關部門對異體字進行了整理，1955 年 12 月公佈了《第一批異體字整理表》，共八百一十組，每組中選定一個比較通行而又筆畫簡單的字，其餘的停止使用，共廢除異體字一千零五十五個，減輕了學習負擔。

三・拼音化的方向

　　學術界大都認為：文字總是從表形到表意，從表意到表音，即由象形文字到表意文字，從表意文字到表音文字。這是世界大多數文字的發展歷史所證明了的。漢字從甲骨文時代起，就已向表音的階段過渡，出現了百分之二十左右的形聲字。但是，漢字幾千年來卻始終停留在表意兼標音的階段，沒有發展成為拼音文字。這既有語言文字本身的原因，也有社會的原因。語言文字本身的原因表現在：古漢語是單音節詞佔優勢，字和詞有其一致性，同音詞的現象相當嚴重；表意體系的漢字能從形體上區別意義，可以減輕同音詞的混淆。同時，漢字本身不斷簡化，並大量發展形聲字，擴大表音成分，這在某種程度上緩和了難認、難寫的矛盾。社會原因表現在：中國長期停留在封建社會，文字被少數人所壟斷，封建的保守性和地域性，又造成了方言的分歧，不利於採用拼音文字，因而使得我國的文字長期地陷在發展緩慢的狀態之中。

　　新中國成立後，國家空前統一，以北京話為標準音的普通話得到推廣，方言迅速集中，人民當家做主，文化水平空前提高。近百年來漢語復音化的進程加快，現代漢語中復音

詞已經佔了壓倒優勢，漢字與漢語的矛盾加深，拼音化的呼聲明顯高漲。

漢字拼音化的想法，早在三百多年前就有人提出過。明末方以智（1611—1671 年）説：「字之紛也，即緣通與借耳；若事屬一字，字各一義，如遠西因事乃合音，因音而成字，不重不共，不尤愈乎。」（《通雅》）清末維新派知識分子盧戇章（1854—1928 年）、王照（1859—1933 年）等人發動的切音字運動，寫下了漢字拼音化的第一頁，提出了二十八種方案。其中十四種是漢字筆畫式的，五種是速記符號式的，五種是拉丁字母式的，其他形式四種。此外，從明朝末年起，西方傳教士意大利人利瑪竇（1552—1610 年）、法國人金尼閣（1577—1628 年）等也曾擬出過一些為漢字注音的拼音方案（《西字奇跡》《西儒耳目資》）。

清末二十年間的切音字運動，到辛亥革命以後才得到初步的收穫，這就是 1913 年議定、1918 年公佈的《注音字母》（原稱「國音字母」，後又改稱「注音符號」）。注音字母包括二十四個聲母（下一行加拼音字母，與之對照。下同）：

ㄅ ㄆ ㄇ ㄈ 万 ㄉ ㄊ ㄋ ㄌ ㄍ ㄎ 兀 ㄏ ㄐ ㄑ ㄒ
b p m f v d t n l g k ng h j q x

ㄓ ㄔ ㄕ ㄖ ㄗ ㄘ ㄙ

zh ch sh r z c s

十六個韻母：

ㄧ ㄨ ㄩ ㄚ ㄛ ㄜ ㄝ ㄟ ㄞ ㄠ ㄡ ㄢ ㄤ ㄣ ㄥ ㄦ

i u ü a o e ie ei ai ao ou an ang en eng er

　　這些字母大都是採用漢字的偏旁（即古代最簡單的獨體字）。新中國成立前後在中小學斷斷續續地推行過，對幫助識字起過一定的作用。

　　「五四」前後，錢玄同（1887—1939 年）、黎錦熙（1890—1978 年）等人大力提倡漢字拼音，1926 年議定了一個《國語羅馬字拼音法式》，1928 年正式公佈，「作為國音字母第二式」，揭開了漢字拉丁化運動的序幕。1928 年以後，林伯渠（1886—1960 年）、吳玉章（1878—1966 年）、瞿秋白（1899—1935 年）等在蘇聯遠東地區為在十萬多名華工中進行革命宣傳工作，擬訂出《中國拉丁化字母方案》，1931 年通過。它不僅在蘇聯華僑中推行，取得了重大成果，1933 年以後還傳到國內。1935 年由蔡元培（1868—1940 年）、魯迅（1881—

1936 年）、郭沫若（1892—1978 年）等六百八十八位文化界進步人士聯名發表了積極擁護拉丁化新文字的意見書，掀起了一浪高過一浪的拉丁化新文字運動，並且同民族解放運動相結合，形成了一個空前未有的群眾性文化革命運動。抗日戰爭時期繼續發展，傳播到四面八方；特別是在解放區，拉丁化新文字得到大力推廣，為發展文化教育、提高人民的文化水平做出了巨大成績。

新中國成立後，立即成立了文字改革的專職機構（中國文字改革研究委員會），除進行漢字簡化工作外，並着手草擬新的拼音方案。從 1950 年到 1955 年 8 月共收到群眾提出的拼音方案六百五十五種。1954 年 12 月正式轉成國務院領導下的中國文字改革委員會。1955 年 10 月召開了全國文字改革會議，在會議上提出了六種不同的方案初稿供討論：四種是漢字筆畫式的，一種是斯拉夫字母式的，一種是拉丁字母式的。會後又收到群眾提出的方案一千二百多種。1956 年 2 月公佈了《拼音方案草案》，經過全國人民的熱烈討論，對草案進行了修改，1958 年 2 月全國人民代表大會正式通過批准了《漢語拼音方案》，作為學習漢字和普通話的工具。下面是《漢語拼音方案》的字母表：

Aa Bb Cc Dd Ee Ff Gg Hh Ii Jj Kk Ll Mm Nn
Oo Pp Qq Rr Ss Tt Uu Vv Ww Xx Yy Zz

　　它只用二十六個國際通用的拉丁字母，沒有增加新字
母，只採用四組雙字母 zh、ch、sh、ng 來代表漢語普通話
中的三個聲母〔tʂ〕(知)、〔tʂ'〕(吃)、〔ʂ〕(詩) 和一個韻尾〔ŋ〕
(英)。整個方案基本上沒有變讀，系統比較整齊，學習和應
用都很方便。這個方案是中國人民六十年間創造漢語拼音字
母的總結，公佈以後，對漢字教學、掃除文盲、推廣普通話，
以至我國整個社會主義文化事業的發展，都起了十分重大的
作用。

　　從漢語拼音方案的推行到實現拼音漢字，需要經過很長
的時期，這是必然的。問題是有無必要和可能把現行漢字改
成拼音文字，也將成為廣泛爭議和應該慎重考慮的大是大
非。要改成拼音文字，首先就要推廣普通話，這是實現拼音
漢字的重要條件之一。其次，必須努力創造各種條件，更加
大力宣傳、推行拼音方案，使廣大人民群眾養成拼音的習
慣，這也是一項艱巨的任務。這兩點，只要堅持不懈，是可
以辦到的。更難辦的是如何對待幾千年的漢字文化典籍，如
何解決漢語同音詞多的問題。

　　漢語同英語等印歐語不同。印歐語是屈折語，詞兒連寫，音素的排列組合方式多樣，同音詞很少。漢語是孤立語，古代漢語以單音詞為主，同音詞特別多，不採取表意兼標音的形聲字，很難辨別識認。近代以來，漢語復音化加速，已經是雙音詞最多；單音和雙音詞又是交際中最常用的部分，同音詞數量之多仍是英語等印歐語所無法比擬的。不解決同音詞的識別，不考慮漢字文化典籍的繼承，強行實現拼音化，得失難以估計。日語是黏着語，日文在假名中夾用漢字，未能實現拼音化。這是值得我們作為借鑑與深思的。

主要參考書

《說文解字注》，段玉裁著，世界書局版，1936 年；上海古籍出版社，1981 年。

《古文字學導論》，唐蘭著，1934 年石印本；齊魯書社，1981 年。

《中國文字學》，唐蘭著，開明書店，1949 年。

《漢字形體學》，蔣善國著，文字改革出版社，1959 年。

《漢字的結構及其流變》，梁東漢著，上海教育出版社，1959 年。

《漢字改革概論》，周有光著，文字改革出版社，1961 年。

初版後記

　　六十年代以來，我在北京大學中文系講了三次漢字常識。這本小冊子就是根據講稿整理而成的。在備課過程中，參考了不少文字學方面的著作和論文，其觀點和材料，多有採納。但是，我並非專門從事文字研究工作的，學識有限，取捨不當，在所難免，切望批評指正。

　　稿成後，承了一師審閱，多所是正。付印前，又承中國歷史博物館許青松同志幫助摹寫了全部古文字。在此致以衷心的感謝。

1979 年 2 月於燕園

改版說明

　　北京出版社在「文革」後編印出版了一套《語文小叢書》，
先收了陸宗達先生的《訓詁淺談》，從而約我寫一本《漢字淺
談》。我就將當時漢字課的講稿整理出來，送請王力先生審閱。
王先生閱後予以肯定，還提了兩點意見。一是：「內容講得很
全面，也比較深入，不是淺談，書名宜改為『漢字知識』。」二
是：「講《漢字改革》的一節，與國家語委的主張不同的看法，
以不提為宜。」我將王先生對書名的意見告知北京出版社，得
予採納。有關漢字改革的意見，也作了一些刪改。

　　1981 年該書出版後，得到一些方面的關注，被刊載上網。
去年（2019 年）有兩個出版社分別表示要再版《漢字知識》，經
商議決定由北京出版社收入「大家小書」叢書中。這樣我自然
要認真審讀初版書稿，作一次必要的修改。在審閱前五章時，
我只是隨看隨即改正錯別字，刪去欠妥詞語，有兩處作了少許
增補。改動較大的是最後一章《漢字改革》。我把初版不提與
國家語委不同看法的原則放下了。添加了一大段，論證了「實
現拼音漢字」的主張並不可取。

　　在本書的修改中，得到邵永海教授的大力協助。他幫我將

書稿輸入電腦，特別是還需要搜集圖片和各種字體標本。初版引用的圖片大都出自蔣善國的《漢字形體學》，有些不清晰的，只得改用《古代世界史參考圖集》。書雖小，收集這些圖片和字體標本卻真是很費功夫，特致感謝。

感謝北京出版社的呂克農和高立志兩位先生為此書的再版付出的辛勤勞動。

郭錫良

2020 年 7 月於燕園

責任編輯	莫匡堯
書籍設計	霍明志
排　　版	肖　霞
印　　務	馮政光

書　　名	漢字知識
作　　者	郭錫良
出　　版	香港中和出版有限公司 Hong Kong Open Page Publishing Co., Ltd. 香港北角英皇道 499 號北角工業大廈 18 樓 http://www.hkopenpage.com http://www.facebook.com/hkopenpage http://weibo.com/hkopenpage Email: info@hkopenpage.com
香港發行	香港聯合書刊物流有限公司 香港新界荃灣德士古道 220-248 號荃灣工業中心 16 樓
印　　刷	美雅印刷製本有限公司 香港九龍官塘榮業街 6 號海濱工業大廈 4 字樓
版　　次	2021 年 10 月香港第 1 版第 1 次印刷
規　　格	32 開 (130mm×195mm) 152 面
國際書號	ISBN 978-988-8763-46-7

© 2021 Hong Kong Open Page Publishing Co., Ltd.
Published in Hong Kong